LA POLITIQUE N'EST PLUS CE QU'ELLE ÉTAIT

DU MÊME AUTEUR

La Vie politique en France depuis 1789
(2 vol., Armand Colin, 1965, 1969)

Les Droites en France
(Aubier-Montaigne, 1982)

Pour une histoire politique
(Le Seuil, 1988)

Notre siècle (1918-1991)
(Fayard, 1991)

Âge et Politique
(Economica, 1991)

RENÉ RÉMOND

LA POLITIQUE N'EST PLUS CE QU'ELLE ÉTAIT

FLAMMARION

ISBN : 2-7021-2176-4

ISBN : 2-08-081286-6

AVANT-PROPOS

Encore un livre sur la politique en France! Était-il nécessaire d'ajouter un titre de plus à une liste déjà bien fournie et qui ne cesse de s'allonger? Le livre qu'on appelle politique est en effet un genre qui se porte bien dans la crise que traverse l'édition : certaines enquêtes n'assurent-elles pas qu'il s'en publie plus d'un par jour? Pour venir grossir cette production, il faut des raisons bien fortes ou un peu de présomption.

Si j'ai passé outre à cette objection, dont on voudra bien croire que je me la suis d'abord faite, c'est que j'ai cru pouvoir parler de politique d'une façon quelque peu différente de celle des politiciens ou même des autres commentateurs professionnels, en raison du compagnonnage assez original que j'ai entretenu depuis une quarantaine d'années avec la chose politique. Je l'ai abordée en historien convaincu, à l'encontre des systèmes philosophiques qui avaient alors la faveur, que la politique avait une consistance propre et une marge d'autonomie suffisante pour être un lieu de décision et un objet d'étude en soi. Intrigué par le paradoxe de la distinction entre droite et gauche, qui avait tenu une si grande place dans notre histoire intellectuelle autant que politique, qu'on avait de génération en génération dénoncée comme un être de raison, pure construction de l'esprit, mais qui n'en renaissait pas moins à chaque étape avec une force renouvelée, je me suis attaché à déchiffrer l'énigme de cette capacité de durer. C'est ainsi que s'est imposée à moi l'évidence de la continuité, à travers les changements de régime et les transformations de la société, des grandes traditions de pensée qui sont à l'origine de nos familles politiques. Un exemple entre autres de cette vérité que la politique au jour le jour ne trouve sa complète intelligibilité que dans la durée historique.

Mais la politique est aussi renouvellement incessant : pas plus qu'aucune activité humaine elle n'est soustraite à la loi du changement. Peut-être même évolue-t-elle plus vite que d'autres. Le changement s'opère parfois par mutation brutale; par une rupture qui se veut irréversible et entend tracer une césure radicale dans la succession des temps; c'est ce qu'on appelle révolution. Plus souvent, adaptation et recomposition s'effectuent par une suite d'ajustements mineurs dont le détail échappe à l'observation, mais dont l'addition finit par modifier profondément le jeu des rapports entre les institutions et les acteurs. À cet égard le fait, si inhabituel pour des Français, que nous vivions depuis un tiers de siècle sous la même Constitution et qu'il n'y ait pas de signes annonciateurs de changement prochain, risque de nous masquer les transformations, pourtant fort importantes – certaines décisives – qui ont peu à peu infléchi, ou altéré, le dispositif initial. La politique n'est plus aujourd'hui ce qu'elle était au lendemain du retour en 1958 ou du départ en 1969 du général de Gaulle. Une des intentions qui a engendré ce livre fut de mettre ces transformations en évidence, de les récapituler, de souligner leurs effets réciproques et leur incidence globale sur la relation des Français avec la politique. Qui sait si l'une des causes du divorce qu'on déplore entre eux n'est pas dans cette mutation dont ils n'ont peut-être pas pris conscience, ni mesuré l'ampleur, et qui entraînerait une divergence entre la réalité et l'idée qu'ils s'en font?

La politique combine toujours au moins trois composantes majeures : le système des forces qui s'affrontent, s'associent ou se combattent; le cadre des institutions dans lequel elles se déploient, même si elles le contestent, et qui fixe les règles du jeu; les enjeux, c'est-à-dire les questions à propos desquelles les forces se définissent et se reclassent éventuellement, et qui nourrissent les débats d'opinion. De ces trois dimensions, il n'en est aucune qui n'ait subi dans les trente dernières années de profondes transformations : même celle qui est apparemment restée immuable : la dimension institutionnelle.

La politique a trop souvent la réputation d'être incompréhensible parce que ésotérique et paraissant n'obéir à aucune logique. Or elle n'est pas inintelligible. De ce que les choses ne se passent généralement pas comme on l'attendait, que les événements, surgissant à l'improviste, bouleversent les prévisions et bousculent les acteurs, on aurait tort d'induire que la politique est le domaine de l'irrationnel. Il y a bien une logique à l'œuvre mais d'autant plus complexe qu'est plus élevé le nombre des facteurs qui interviennent : à côté de la raison qui vise à proportionner les moyens aux fins poursuivies, ou vice versa, les facteurs affectifs, le poids des souvenirs, la force des habitudes, la constance des réflexes, la pression de toutes les composantes de la société dite civile, l'attirance des rêves, la fascination des modèles, la fidélité aux idéaux.

Ayant partagé avec quelques amis et collègues le privilège d'avoir, de nombreuses années, commenté sur le vif l'actualité politique sur les médias audiovisuels à l'adresse d'un vaste public, j'ai pu vérifier qu'il n'était pas impossible de rendre la politique intelligible à l'ensemble du corps social et qu'on répondait ainsi à une curiosité légitime et à une demande explicite. Si je cherche à quel mobile j'ai obéi en rédigeant ce livre, je le trouve dans cette expérience. Et s'il fallait, de surcroît, justifier l'entreprise, ce serait par la conviction d'obéir à une exigence de la démocratie autant que de la raison. Ce livre n'a pas été écrit pour les praticiens de la politique, même si je souhaite qu'ils ne le trouvent pas trop éloigné de leurs préoccupations et de leur expérience. Il ne s'adresse pas plus aux spécialistes de l'analyse et du commentaire, auxquels il n'apprendrait rien qu'ils ne sachent; encore que j'ose espérer qu'ils n'y trouveront pas trop de sujets de désaccord. Il est dédié aux milliers d'auditeurs et de spectateurs de la radio et de la télévision qui m'ont encouragé, par leur sympathie, leur approbation et leurs sollicitations, à poursuivre par une autre voie ce travail d'explication de la politique.

I

QUE SONT DEVENUES DROITE ET GAUCHE ?

L'avènement du consensus

Plusieurs indices convergents font penser que s'est produite, dans les huit ou dix dernières années, une mutation du comportement politique des Français. Il est certes trop tôt pour conclure à une modification durable, à plus forte raison irréversible, du tempérament politique de ce pays riche d'une si longue histoire : rien ne garantit encore que les caractères acquis se transmettront aux générations suivantes et s'incorporeront au génome. Mais le changement est déjà tel qu'il périme certains stéréotypes et remet en cause quelques-unes des représentations les plus solidement établies qui fondaient l'idée d'une spécificité française en politique.

Une typologie classique, en particulier chez les spécialistes anglo-saxons de science politique, distinguait deux types de société. Les unes reposaient sur un très large consensus englobant notamment les institutions, et sur la croyance à la possibilité de régler les conflits et d'apaiser les tensions par l'acceptation d'une règle commune et la recherche du compromis : de ce type, la Grande-Bretagne et les États-Unis étaient les exemples accomplis. Dans ce schéma, la France était l'illustration des sociétés déchirées, cultivant leurs divisions, préférant par principe les décisions arrachées ou imposées par la violence révolutionnaire aux solutions négociées. Cet état de guerre civile latente entretenu à plaisir était un élément de l'exceptionnalité française : il faisait aux yeux des observateurs étrangers une part de son attrait et suscitait leur curiosité. Or l'évolution récente des sociétés occidentales a sérieusement bousculé cette opposition simpliste : les observateurs des États-Unis sont revenus de l'idée qu'ils jouissaient d'un climat social paisible : on s'est avisé que les sociétés réputées pour leur sagesse étaient moins consensuelles qu'on ne le croyait et qu'elles n'étaient épargnées ni par la violence ni par les conflits. Et voici que la France, de son côté, dont l'ardeur à porter à l'incandescence ses dissensions s'est éteinte, paraît s'être convertie au règlement amiable de ses désaccords.

La société française est aujourd'hui une société apaisée, surtout si on la compare à son passé : contrairement à un préjugé tenace, les Français répudient aujourd'hui le recours à la violence pour faire triompher leur point de vue. Le cliché traditionnel était tout à fait fondé : peu de pays ont une histoire aussi riche en affrontements violents : en quarante ans à peine, entre 1830 et 1871, pas moins de trois révolutions, un coup d'État, plusieurs insurrections, une guerre civile. Verser le sang ne faisait pas peur à nos aïeux; au contraire, ils en étaient venus, dans le sillage de la grande Révolution, à estimer que les seuls changements valables étaient ceux qui s'opéraient par les armes. L'exaltation romantique sacralisait l'appel à l'insurrection. Le mouvement ouvrier avait repris à son compte cette tradition sur un mode mineur, en attachant plus de prix aux « conquêtes » sociales arrachées par la grève qu'aux avantages négociés, bien que ceux-ci fussent parfois plus importants pour améliorer la condition ouvrière : ainsi les fruits de la grande vague de grèves de mai-juin 1936 survivent-ils davantage dans la mémoire des hommes que les réformes accordées par la Vᵉ République, bien que la mensualisation de plusieurs millions de salariés ou la reconnaissance du droit de tous à la formation continue n'aient pas été de moindre portée.

Mais, aujourd'hui, le corps social réprouve la violence, même s'il célèbre encore le souvenir des affrontements de naguère. La gauche célèbre toujours religieusement l'anniversaire de l'écrasement de la Commune, mais ceux qui vont en pèlerinage au mur des Fédérés sont de moins en moins nombreux et personne ne songe plus à s'inspirer de leur exemple pour changer la société. Les cérémonies du bicentenaire de la Révolution ont veillé à n'en présenter qu'une version soigneusement expurgée des massacres de Septembre et de la Terreur, et toute concentrée sur l'année 1789. En mai 1958, les Français ont d'instinct exclu toute solution de force; et s'ils ont approuvé aussi massivement l'investiture du général de Gaulle dans le cadre légal par une majorité de l'Assemblée élue deux ans plus tôt, c'est parce qu'elle écartait précisément les risques de coup d'État ou de guerre civile. Dix ans plus tard, ils ont manifesté de la sympathie pour le mouvement de Mai 1968 jusqu'au moment où ils ont commencé à craindre qu'il ne sombrât dans la violence : l'incendie des voitures rue Gay-Lussac, l'abattage de quelques arbres boulevard Saint-Michel ont eu vite raison de ces velléités gauchisantes, et ils ont accueilli avec soulagement l'annonce d'élections générales qui assuraient le retour à une procédure légale.

La violence physique a été progressivement extirpée de la vie politique, en particulier des campagnes électorales dont elle était auparavant indissociable. Dans l'entre-deux-guerres encore, les rencontres entre services d'ordre concurrents dégénéraient ordinairement en batailles rangées. Les manifestations suscitaient des contre-manifestations qui tournaient mal et laissaient parfois sur le carreau des blessés, parfois des morts : un adhérent de la Fédération nationale catholique à Marseille et six militants des Jeunesses patriotes, rue Damrémont, au temps du Cartel. La fusillade de Clichy en mars 1937, qui porta un coup au gouvernement du Front populaire et fit cinq morts dans les rangs des manifestants de gauche, était la riposte d'un service d'ordre débordé pour protéger les assistants d'une réunion privée organisée dans un cinéma de la ville par le Parti social français et assurer l'exercice d'une liberté contre la tentation d'obstruction de la CGT. S'il advient quelquefois encore qu'une bagarre éclate entre colleurs d'affiches de partis opposés, nos campagnes se déroulent aujourd'hui dans un calme où certains verront peut-être un indice du désintérêt à l'endroit de la politique, mais qui est plus sûrement le signe de cette répugnance nouvelle pour la violence physique et d'une horreur instinctive pour tout ce qui pourrait conduire à la guerre civile; il n'est pas exclu que le spectacle à nos portes de la guerre civile qui déchira l'Espagne entre 1936 et 1939 et que la France vécut presque comme un drame intérieur, ait puissamment contribué à exorciser la tentation de chercher dans l'affrontement par les armes la solution du vivre ensemble.

La répulsion pour la violence physique s'est même étendue à la violence verbale qui suscite plus la réprobation que l'approbation. La comparaison à cet égard encore avec l'avant-guerre ne laisse pas de doute : les attaques personnelles, les calomnies, les insinuations sont très en retrait sur les pratiques d'avant 1939. Soyons plus précis : des exemples de détestation se rencontrent encore, mais seulement dans des publications extrémistes qui n'ont plus qu'une audience restreinte comparée à la diffusion dans l'entre-deux-guerres des feuilles qui cultivaient l'invective et le mensonge. Dans les débats contradictoires à la télévision, c'est celui qui garde son sang-froid, qui se montre modéré, qui sait même à l'occasion reconnaître la justesse d'arguments contraires, qui l'emporte généralement dans le jugement des téléspectateurs sur celui qui procède par affirmations brutales ou a un comportement agressif. On explique parfois cette attitude du public par la spécificité du média télévisuel qui pénètre à domicile et doit respecter l'intimité. Sans doute, mais pourquoi ne pas voir aussi dans cette réaction l'indice qu'on s'adresse à un public moins sensible aux emportements et plus exigeant sur le fond? Il y a peut-être sur ce point un décalage entre les politiques et les citoyens : trop de politiques semblent croire encore que, pour convaindre, il faut se comporter comme à un match de catch, comme si l'avantage devait revenir au plus agressif. Cette disparité de jugement ne serait-elle pas un élément entre autres du divorce entre la classe politique et le pays?

Les causes probables d'un tel changement ne sont pas toutes négatives : à côté de la répugnance pour l'affrontement joue aussi le désir positif d'un rapprochement des points de vue et d'une entente entre familles d'esprit. Ce désir de dépasser les clivages et de réconcilier les adversaires n'est pas nouveau, c'est une aspiration latente qui s'est manifestée par intermittences dans l'histoire politique : les Français rêvent périodiquement d'unanimité. En quelques circonstances exceptionnelles, ils ont pensé y parvenir : élan de l'Union sacrée, allégresse de la Libération. Plus prosaïquement, de temps à autre, ils caressent la chimère d'associer au même attelage les contraires : certains rêvaient dans les années 50 d'un gouvernement qui réunirait Antoine Pinay et Pierre Mendès France, comme d'autres un peu plus tard, ou les mêmes, espérèrent que de Gaulle prendrait Mendès comme Premier ministre. Le succès de François Mitterrand en 1988 est dû en partie à un sentiment de ce genre : les quelques centaines de milliers d'électeurs qui ont fait la différence entre lui et Jacques Chirac ont cru que l'atténuation de la division droite-gauche aurait plus de chances de se faire sous Mitterrand, auquel ils prêtaient l'intention de susciter une nouvelle majorité, qu'avec le leader du RPR qui avait mené campagne sur le thème de l'opposition irréductible entre les socialistes et les autres. Et la popularité de Michel Rocard, qui a résisté exceptionnellement à trois années d'exercice du pouvoir, n'a sans doute pas d'autre explication que la conviction des Français qu'il était acquis à une politique d'ouverture dont ils ont vu la confirmation dans la reconnaissance des petits pas que la vigilance ombrageuse du chef de l'État ne l'avait pas empêché d'effectuer en direction des centristes.

Cette aspiration à l'instauration d'un consensus à la place des dissentiments est naturellement plus marquée chez ceux qui, se situant dans l'espace intermédiaire entre les antagonistes, sont les premiers à souffrir des affrontements et qui y répugnent par tempérament : les centristres de toutes obédiences : libérale, radicale, démocrate chrétienne, sociale-démocrate. Tous ceux-là se résignent mal à devoir rejoindre un camp dans un combat frontal : ils ne croient pas aux dilemmes et ils sont certains que du pire ne peut sortir le meilleur. Contrairement aux systèmes d'interprétation qui nient l'existence d'un ou de plusieurs centres, et ne veulent voir chez les centristes que le masque de la droite, il y a bien des traditions de pensée et il existe des électeurs qui inclinent naturellement vers le consensus. Ces sentiments sont aujourd'hui plus largement répandus. Un sondage effectué, il y a quelques années, pour le compte de l'Observatoire interrégional du politique, en apportait une confirmation significative. Au lieu d'interroger les personnes sur les partis qui avaient leur sympathie, on leur demandait pour quelles formations elles ne pensaient pas qu'elles puissent jamais voter. Se dessinait ainsi à travers les réponses une carte du refus. 80 % approximativement excluaient de voter pour les deux extrêmes de l'époque : Parti communiste et Front national, mais en sens inverse, ces 80 % ne rejetaient pas l'idée, si elles étaient à droite, de donner éventuellement leurs voix aux socialistes ou, si leurs sympathies les rangeaient à gauche, de faire bloc un jour derrière un libéral ou un conservateur. Traduisons en termes positifs l'enseignement de cette consultation : la ligne de démarcation tenue traditionnellement pour essentielle, entre droite et gauche, serait moins déterminante et moins inconcevable à franchir que les frontières séparant alors l'ensemble des partis de gouvernement des extrêmes. Le cas s'est d'ailleurs présenté une fois ou deux, dans des élections partielles, où socialistes et droite ont fait bloc pour barrer la route à un candidat du Front national.

La réalité d'un certain consensus apparaît donc comme une donnée objective ou, à tout le moins, le désir d'y parvenir. Mais ce consensus n'a jamais fait l'unanimité : lui-même n'est pas objet de consensus car il pose un problème qui divise dans son principe même : est-ce bien un objectif pour une société qui se veut démocratique?

Ce consensus, que certains encensent comme un progrès de la sagesse, ne serait-il pas le fourrier de l'indifférence et le grand responsable de la dépolitisation? On sait bien qu'il y a dans les élections quelque corrélation entre l'intérêt, attesté par le taux de participation, et la perception d'un enjeu qui comporte une certaine dramatisation. André Siegfried distinguait déjà entre les élections de lutte, à forte participation, et les élections d'apaisement qui s'accompagnaient d'un relâchement. Ce ne sont pas seulement les hommes et les partis qui craignent avec le consensus de perdre un peu de leurs raisons d'être et de leur prise sur l'électorat, c'est la politique même qui est peut-être atteinte de langueur, menacée dans son être par l'extinction des combats et des querelles qui donnent leur sens et leur attrait à la vie politique.

Plus profondément que ces considérations qui restent

de l'ordre de l'opportunité, se profile un débat de philosophie politique : au regard de la démocratie, quelle peut être la signification du consensus, réalisé, désiré ou présumé ? Ses adversaires, qui pensent le dévaluer en le qualifiant de « mou », font valoir qu'il va à l'encontre d'un postulat fondamental de la démocratie : si celle-ci se définit par la possibilité donnée à tout citoyen de décider de l'orientation à imprimer à la politique de son pays, il importe qu'il puisse choisir en toute clarté entre des options tranchées. Il faut, en conséquence, des alternatives entre positions contraires. Or le consensus estompe les différences, atténue les contradictions, dissout les oppositions; il introduit la confusion là où la clarté s'impose. Il aboutit indirectement à dessaisir le citoyen de son droit. Cette position est logiquement associée à une préférence marquée pour le scrutin majoritaire qui durcit les oppositions et conduit à la formation de deux blocs politiques cohérents : la démocratie ne serait jamais si bien assurée qu'avec la bipolarisation.

À ces arguments, les partisans du consensus rétorquent d'abord qu'il n'y a pas sur tous les problèmes deux politiques contraires : les situations sont ordinairement plus complexes. Surtout, ils font observer que cette exaspération des différences engendre des effets pernicieux pour la démocratie même, qui n'a rien à gagner à cet état de guerre civile chronique.

Elle bafoue un autre principe de la démocratie, qui n'est pas moins essentiel : les choix en politique, en dehors de quelques décisions capitales, sont ordinairement des choix relatifs car il n'y a pas de vérité absolue sur la façon d'atteindre un objectif à moyen terme : les divergences de vues sont donc légitimes et doivent être respectées. Toutes les opinions ont même droit à s'exprimer : c'est la règle de la majorité qui les départage, sans pour autant déterminer une hiérarchie par rapport au vrai. Si la démocratie est le pluralisme, elle exclut l'affrontement binaire et inconditionnel. Ainsi, à partir du consensus qui s'est instauré, deux positions contraires s'affirment, qui se réclament pareillement de la référence à la démocratie et à ses principes : elles recèlent vraisemblablement l'une et l'autre une parcelle de vérité. À les durcir dans leur certitude orgueilleuse et solitaire, on aboutirait à une aporie insoluble. C'est à la pratique de dissoudre leur contradiction.

Que sont devenues droite et gauche?

Désirable ou déplorable, conforme ou contraire à la démocratie, le consensus ne laisse pas le paysage politique en l'état : il remet en question le partage binaire droite-gauche qui structurait toute représentation de la politique depuis deux cents ans. Si les Français pensent aujourd'hui de même sur la plupart des problèmes, quelle signification garde donc la division en deux camps opposés et qu'advient-il de la validité de leurs définitions ?

Quand on pose la question aux Français, leur réponse se fait interrogative. Sans dénier à ces notions de droite et de gauche le mérite d'expliquer le passé, ils sont de plus en plus nombreux à les estimer dépassées. Certes les plus politisés, ceux dont la politique est la raison d'être et l'activité ordinaire, les appareils de parti, les militants persistent à croire à la réalité objective d'une division existentielle. Et les extrêmes en sont plus convaincus encore : pour le Parti communiste, la droite commence à sa porte, au Parti socialiste, et l'aile gauche de celui-ci, derrière un Jean-Pierre Chevènement ou un Julien Dray, n'est pas loin de partager cette conviction qui inspire son combat contre la gauche « américaine » au sein même du PS. À l'autre extrémité du spectre politique, on est persuadé que la gauche a infiltré la droite classique : pour un Jean-Marie Le Pen, les dirigeants du Club de l'Horloge, les lecteurs de *Présent* ou les fidèles de Philippe de Villiers, les droites modérées se sont laissé contaminer par les idées de gauche et sont devenues, peut-être à leur insu, les alliés objectifs de la gauche. Mais, pour la majorité de nos concitoyens, ces notions aujourd'hui ne signifient plus grand-chose et le nombre des sceptiques a crû rapidement dans les dernières années : de 48 % en mars 1988, à la veille de l'élection présidentielle, ils étaient passés à 56 % en novembre 1990, et certains sondages récents portent même leur proportion à 67 %. Aussi sont-ils de plus en plus embarrassés pour se situer par rapport à cette distinction, puisqu'elle n'a plus de signification à leurs yeux.

À cette récusation d'une division longtemps admise comme une évidence incontestable, ont concouru plusieurs facteurs : le déclin des idéologies et la désaffection à l'égard des systèmes globaux d'explication; l'abandon des illusions sur les modèles extérieurs et la déception à propos des expériences étrangères; mais aussi des faits propres à notre vie politique. Rien sans doute n'a autant contribué à effacer la frontière entre droite et gauche que l'alternance itérative de majorités contraires que les contraintes de l'action gouvernementale et la rigueur des temps ont conduites à pratiquer des politiques très semblables et à oublier les ambitieux programmes idéologiques sur lesquels elles s'étaient fait élire. Que pouvait bien penser l'électeur socialiste, à plus forte raison le militant du PS, qui avait rejoint en 1978 ou 1980 le parti pour « changer la vie », à qui on avait promis en 1981 une rupture irréversible avec le capitalisme et qui entendait, trois ans plus tard, le Premier ministre, Laurent Fabius, placer son gouvernement sous deux mots d'ordre : moderniser et rassembler, faire l'éloge du profit et de l'entreprise? Pour l'électeur de droite, la surprise n'est pas moindre de découvrir que Pierre Bérégovoy et Édouard Balladur ont fait des politiques très semblables pour le marché financier. Le décalage entre les programmes et les actes, entre le discours et la politique, a brouillé les distinctions familières.

De toutes les causes qui ont contribué à périmer la division droite-gauche, la plus décisive a été l'extinction progressive de la plupart des différends à partir desquels s'était édifiée la vision de deux blocs antagonistes. En un laps de temps raccourci, presque tous les sujets sur lesquels se jouaient les élections, se faisaient et se défaisaient les majorités, qui nourrissaient les débats, qui donnaient à la vie politique sens et couleur, ont cessé de susciter les passions, ont perdu comme leur éclat et ont même disparu de la scène.

Pour certains, cet effacement est le terme d'une évolution amorcée depuis longtemps; pour d'autres, la déchance a été brutale et ne date que de quelques années. Mais l'évolution générale vers le consensus est en marche depuis plus d'une décennie. J'ai retrouvé un article, que son auteur a peut-être oublié et qui montre sa prescience : en 1979, Alain Duhamel consacrait sa chronique du *Monde* au consensus français : « Si les Français se divisent profondément sur les choix politiques, écrivait-il, s'ils connaissent des antagonismes, des oppositions, ils ont aussi de fort nombreux points d'accord, si nombreux même que l'on peut, sans forcer les chiffres, montrer que, s'il y a clivage politique et sociologique – les " deux France " –, il y a aussi consensus sur la société et le système politique, une seule France. » Et de recenser tous les sujets qui, après avoir suscité et entretenu la division, avaient cessé d'être des facteurs de discorde. Depuis, la liste s'est encore allongée. Reprenons les principaux : la politique se définissant autant par ses objets que par ses procédures, l'inventaire des thèmes qui furent ses enjeux est une démarche essentielle pour reconnaître ses contours.

L'enjeu le plus ancien, le plus constant aussi, fut la

nature du régime : quoi de plus logique pour un choix et une division politiques? Il date des débuts mêmes de la Révolution et de la naissance de la société politique moderne. Pour une longue suite de générations, le choix entre la république et la monarchie, puis, plus tard, entre la république parlementaire et un régime autoritaire, fut le choix majeur, engendrant un clivage irréductible. Pour les fidèles de l'antique monarchie, se rallier à la république c'eût été renier leurs croyances les plus sacrées. Ils abhorraient les symboles de la république : le 14-Juillet, ils fermaient leurs volets pour ne pas s'associer à la célébration d'une journée où une populace avinée avait massacré quelques invalides. À la fin du siècle encore, plus d'un officier souffrait difficilement d'entendre jouer *La Marseillaise* par la musique du régiment. Le cardinal Lavigerie fit scandale en 1890 en faisant exécuter par la fanfare de Saint-Eugène l'hymne national à la fin du banquet qu'il offrait à l'état-major de l'escadre de la Méditerranée. Dans l'entre-deux-guerres encore, les ligues d'Action française ne désignaient la république que comme la Gueuse qu'on se proposait d'étrangler, bien qu'elle fût le régime de la France depuis un demi-siècle et qu'elle eût conduit le pays à la victoire.

Qui aujourd'hui, en dehors de quelques nostalgiques, conteste la forme et l'appellation républicaines de nos institutions? La république fait maintenant partie du consensus. Ses symboles n'éveillent plus de réactions hostiles : le 14-Juillet est devenu la fête nationale. *La Marseillaise* est chantée à droite comme à gauche. Cessant d'être un ferment de discorde, la république suscite aussi moins de ferveur : si elle a moins de détracteurs, c'est peut-être parce qu'elle compte moins de sectateurs. Certains s'en attristent et voient dans ce recul de la foi une explication de l'indifférence politique. Persuadés que le renouveau du civisme passe par la restauration du culte de la république, ils rêvent de réveiller l'attachement pour elle. Que la république fasse l'unanimité chagrine un Régis Debray et un Jean-Pierre Chevènement : ils opposent la république à la démocratie. Il est vrai que l'attachement à la république s'est aujourd'hui fondu et comme dissous dans l'adhésion à la démocratie.

République ou démocratie? Laquelle des deux rassemble davantage? Laquelle aussi a plus d'avenir? Sans refuser à la république la fidélité et la reconnaissance auxquelles elle a droit, pour tout ce dont nous lui sommes redevables, il est permis d'attribuer plus d'avenir à la démocratie qui reste, deux cents ans après ses premiers pas, une idée neuve dont on n'a pas fini d'explorer les implications ni de déduire toutes les conséquences. La IIIe République n'a pas toujours été juste, ni égalitaire. Le vocabulaire lui-même en porte trace. En quelles circonstances les gouvernants font-ils aujourd'hui mention de la république? Quand il leur faut imposer le respect de la loi républicaine contre le désordre et la subversion. Pour désigner les forces de police chargées du maintien de l'ordre : compagnies républicaines de sécurité. Ou encore pour appeler la gauche à la discipline républicaine, qui cristallise la vieille division sur un enjeu suranné. À l'inverse, ce sont les formations rangées à droite qui font référence à la république dans leur dénomination : Rassemblement pour la république ou Parti républicain. Autant de signes que la référence à la république est survivance d'un âge révolu, ou indivise entre droite et gauche.

République ou démocratie, l'une et l'autre bénéficient du consensus. Quoi qu'on dise parfois, les postulats sur lesquels se fonde la démocratie politique ne sont plus guère contestés de nos jours : la souveraineté du peuple est le seul principe de légitimité reconnu, et le suffrage universel l'arbitre suprême, le seul qui puisse trancher sans appel une question qui divise et départager les adversaires. Ce principe, qui fut si longtemps et si âprement discuté, ne rencontre plus beaucoup de détracteurs en dehors de la descendance de la droite contre-révolutionnaire. S'il se trouve encore des esprits qui persistent à penser que la politique est chose trop sérieuse pour être laissée à l'appréciation du peuple et qu'elle devrait être confiée à ceux qui savent, qui ont étudié, ceux-là s'expriment peu et sont encore moins entendus. À preuve la promptitude avec laquelle l'opinion accepte le recours au suffrage pour dénouer une crise : en 1958 et en 1968. À chaque fois, la consultation populaire a apaisé les passions, fait cesser le trouble dans la rue, éloigné les menaces de guerre civile. On s'émeut parfois, et l'on n'a pas tort, de comportements ou de prises de position peu conformes à notre idée de la démocratie, en particulier de la part des formations qui pratiquent une opposition systématique. Mais les unes comme les autres ne remettent pas en cause, au moins explicitement, les fondements de la démocratie; c'est leur différence avec les extrêmes d'autrefois : elles ne combattent pas les institutions, elles aspirent seulement à les conquérir. Le Front national n'est pas un extrémisme de la contestation institutionnelle : Jean-Marie Le Pen ambitionne seulement d'arriver au pouvoir par le suffrage populaire. De ce fait, il s'inscrit dans le prolongement de 1789.

Ce consensus général sur la république et la démocratie fonde l'acceptation de la Constitution de la Vᵉ République. Si, durant les premières années du régime, la gauche n'abandonna pas l'espoir, ni l'intention de la modifier, depuis 1981, il ne s'élève plus guère de voix pour préconiser un changement. Il arrive bien que de temps à autre un politique propose, ou de revenir en arrière en direction d'un parlementarisme, ou d'aller plus loin, par exemple vers une présidentialisation; le Parti communiste n'a pas répudié sa méfiance profonde pour l'élection du chef de l'État au suffrage universel, mais ces dissonances ne compromettent pas le consensus, et il est significatif que le thème des institutions ne tienne presque plus de place ni dans les programmes ni dans les campagnes.

Autre chose, qui est aussi une nouveauté, corrobore l'affirmation : les Français ne cherchent plus de références en dehors de la France. Ce fut un trait presque constant que la recherche de modèles étrangers pour s'en inspirer, quand ce n'était pas pour les décalquer servilement. La liste est longue et variée des expériences dont s'éprirent les Français jusqu'à imaginer qu'elles apportaient la réponse à leur quête du meilleur des régimes : de l'anglomanie et de l'engouement pour la Constitution des États-Unis à l'attirance pour l'Union soviétique ou pour la Révolution culturelle chinoise, en passant par l'autogestion yougoslave et le socialisme algérien, sans oublier le modèle suédois ou la référence autrichienne, voire l'Albanie. Comment retracer l'histoire des relations entre l'opinion et les formes politiques sans faire revivre la fascination exercée pendant plus d'un demi-siècle sur une fraction de l'intelligentsia et de larges couches de l'opinion française par le mirage soviétique? Il fallut attendre jusqu'au milieu des années 70 avec la révélation du Goulag, l'effet Soljenitsyne, les divulgations sur la faillite de l'économie, les violations des droits de l'homme, l'oppression et les ambitions de l'impérialisme soviétique ainsi que la résistance de la Pologne, pour que les yeux s'entrouvrent, et encore ne se sont-ils pas tous aussitôt dessillés. Si la plupart de ces références étrangères étaient plutôt familières à la gauche, la droite ne fut pas en reste et elle puisa récemment ses exemples dans la révolution conservatrice aux États-Unis, la dérégulation, la politique économique de Ronald Reagan ou celle de Mrs. Thatcher, avant que les résultats de l'une et de l'autre ne parussent à leur tour décevants. C'est un caractère singulier de notre culture politique que cette propension à croire que d'autres peuples ont trouvé la solution de nos problèmes; n'entre-il pas en contradiction avec la prétention, qui nous est si souvent reprochée, à être un exemple pour le monde? À moins que cette disposition ne soit une composante et une conséquence de la revendication universaliste de la France. N'est-ce pas un peu ce qui se produisit, il y a deux cents ans, quand les constituants français, reprenant des initiatives et jusqu'à certains termes de la Révolution américaine – déclaration d'indépendance, convention –, leur donnèrent un retentissement universel et durable?

Ainsi république, démocratie, institutions ne sont plus aujourd'hui un principe de division ni un ferment de discorde : elles ne départagent plus droite et gauche. Elles sont un élément du consensus français.

Un autre sujet, qui a peut-être plus encore déchiré la conscience nationale, dispute à la question du régime l'honneur d'avoir été au principe du partage droite-gauche : la question religieuse. Elle a près de cent cinquante ans été la pierre de touche entre les deux moitiés de la France. Par comparaison, toute autre divergence paraissait secondaire. Quiconque observait les prescriptions de l'Église catholique était *ipso facto* catalogué à droite, et l'anticlérical n'avait pas besoin de produire d'autres preuves de ses sentiments démocratiques et de son attachement à la république. Aucun différend n'a provoqué de passions plus vives, ni suscité de débats plus furieux. À relire aujourd'hui les diatribes contre l'Église et le clergé, on en vient à penser que l'anticléricalisme ne le cédait point pour la haine à l'antisémitisme. Quant aux anathèmes contre la gauche sous des plumes cléricales, leur violence et leur injustice sont comparables. C'est que, par-delà le statut de l'Église catholique dans la société civile et politique, bien plus profondément que les rapports juridiques entre l'Église de France et l'État républicain, ou les relations diplomatiques entre le Saint-Siège et le gouvernement français, la controverse avait pour enjeu l'influence de la religion sur les comportements collectifs et les conduites privées. Adversaires déclarés de toutes croyances, libéraux spiritualistes respectueux des convictions religieuses, anticléricaux de toute origine se retrouvaient unis pour soustraire la société et les individus à la tutelle cléricale. En face, les catholiques ne faisaient pas la différence entre le refus de reconnaître le catholicisme comme religion d'État et la profession d'athéisme : la volonté d'émanciper la puissance publique et les consciences du contrôle de l'Église leur apparaissait comme une révolte contre les droits de la vérité et un attentat à la vocation chrétienne de la nation française. À travers ces deux systèmes affrontés, se dessinaient deux visions de la France et deux interprétations de son histoire comme de sa mission dans le monde. La gauche entendait rompre avec un passé où elle confondait absolutisme monarchique, féodalité, cléricalisme, intolérance, et propager par tout l'univers le nouvel évangile de 1789. Les catholiques, héritiers de tant de siècles où la foi avait été l'âme de la nation, ne se résignaient pas à devoir la partager avec des compatriotes qui n'étaient pas chrétiens et à perdre le monopole qui avait été depuis quatorze siècles leur bien propre.

Cette querelle qui a pesé si lourd sur la vie politique est aujourd'hui pratiquement éteinte. L'étendue du contentieux n'a cessé de se rétrécir. De proche en proche, la plupart des questions pendantes, et notamment celles héritées de la séparation des Églises et de l'État, compliquées par la défense de se prêter à l'application de la loi venue de Rome, ont reçu des solutions empiriques. Le même pragmatisme a inspiré les réponses aux problèmes nouveaux, tel celui de l'accès aux médias. Disparates, ces solutions se réfèrent toutes à une notion nouvelle de la laïcité : ce n'est plus la laïcité belliqueuse qui se proposait d'arracher la religion du cœur des enfants, pas non plus la laïcité réduite au silence sur le fait religieux, mais une notion qui reconnaît l'existence des religions, tient compte du caractère propre de l'institution ecclésiale et admet même que le fait religieux ait une dimension sociale.

A néanmoins subsisté jusqu'à nos jours dans le débat politique un vestige de la question religieuse, sous l'espèce de la querelle scolaire née de la coexistence de deux écoles concurrentes qui perpétuaient l'antagonisme des deux France. Au nom de l'égalité devant l'impôt et de la justice sociale, les partisans de l'enseignement catholique privé réclamaient une aide financière de l'État que les adeptes de la définition traditionnelle de la laïcité jugeaient comme une atteinte à la laïcité : à école publique fonds publics, à école privée fonds privés. La querelle scolaire a fait tomber des gouvernements et disloqué des majorités sous la IVe République. Depuis 1959, le législateur a défini des rapports de droit qui reconnaissent corrélativement la participation de l'enseignement privé au service public de l'enseignement et son caractère propre. La dernière flambée passionnelle a été provoquée après 1981 par le projet socialiste de créer un grand service de l'enseignement unifié et laïque. La crainte d'une mainmise de l'État a mobilisé des millions de parents, parfois plus motivés par la volonté de préserver une liberté civile que par une préoccupation de défense religieuse. La succession de rassemblements qui alla *crescendo* jusqu'à la montée à Paris, le 24 juin 1984, d'un million et demi de manifestants, entraîna des conséquences politiques en cascade : retrait du projet incriminé, démission du Premier ministre, son remplacement par Laurent Fabius, et initiative manquée de référendum sur le référendum. Bien qu'il soit toujours imprudent de pronostiquer qu'une page est définitivement tournée, il n'apparaît pas déraisonnable de penser que ce fut le dernier sursaut de cette longue querelle, et de voir dans la cérémonie de juin 1992, où le ministre de l'Éducation nationale, Jack Lang, et le secrétaire général de l'enseignement catholique signèrent côte à côte un protocole qui réglait presque toutes les questions en suspens, en ne provoquant que les récriminations d'une poignée de nostalgiques de la laïcité de combat, l'épisode ultime d'une question qui a plus que toute autre divisé les Français depuis deux siècles et qui traça tout ce temps la principale ligne de démarcation entre France de droite et France de gauche.

De ce fait, l'appartenance confessionnelle n'est plus un indicateur valable des comportements politiques. Depuis les débuts de la Ve République, prolongeant le mouvement amorcé à la Libération par l'émergence du MRP qui se rangea alors au côté des forces de transformation de la société française, une fraction des catholiques a glissé vers la gauche, en particulier vers le Parti socialiste : l'entrée en force d'une génération de militants qui avaient fait leurs premières armes dans les mouvements de jeunesse de l'Action catholique spécialisée (JOC, JEC, JAC), le scoutisme ou le syndicalisme chrétien, a été un élément décisif du renouvellement d'un socialisme à bout de souffle. Aux deux élections de 1974 et 1981, près d'un quart des catholiques définis comme réguliers par les instituts de sondage, c'est-à-dire assistant à la messe dominicale une ou plusieurs fois par mois, portèrent leurs suffrages sur François Mitterrand plutôt que sur Valéry Giscard d'Estaing. En sens inverse, beaucoup d'électeurs de droite ont désappris le chemin de l'Église. En d'autres termes, les catholiques distribuent leur sympathie entre droite et gauche, à l'exception du Parti communiste. Ce pluralisme, légitimé par la hiérarchie religieuse, supprime un des repères les plus anciens et les moins contestés du clivage droite-gauche.

Si le débat sur le régime politique et la question religieuse ont été simultanément au principe de la division droite-gauche, d'autres problèmes sont venus, l'un après l'autre, enrichir son contenu et infléchir son orientation. À mesure que la démocratie politique s'établissait en possession d'État et que la laïcisation dénouait les liens du religieux et du politique, montait à l'horizon un autre débat qui éclipsait progressivement les querelles d'antan : la question sociale avec son cortège de discussions sur le régime de la propriété, le statut de l'entreprise, l'intervention de l'État : libéraux contre dirigistes, libre entreprise contre planification, nationalisations contre secteur privé. Dès 1945, ce fut un clivage majeur. Il devint prioritaire au début des années 70 : le Programme commun de gouvernement négocié et signé en 1972 par les deux partis socialiste et communiste faisait la part belle aux nationalisations. C'est aussi sur cette question que se rompit l'Union de la gauche, cinq ans plus tard, à l'occasion de l'actualisation du programme, le Parti socialiste épaulé par l'allié radical se refusant à élargir davantage le champ des nationalisations. Ce sujet fut au cœur de la campagne présidentielle de 1981, jusqu'à devenir l'enjeu et le symbole de l'affrontement entre deux France : par un effet de miroir habituel en politique, plus la gauche définissait son unité et sa spécificité par les nationalisations, plus la droite se découvrait d'ardeur à défendre inconditionnellement la libre entreprise, même la famille gaulliste qui n'avait cependant pas trouvé le libéralisme dans sa corbeille de mariage. Le combat droite-gauche avait retrouvé un sens ; le choix entre deux projets de société : conserver la société libérale où l'initiative individuelle serait facteur de progrès, ou rompre sans retour avec le désordre capitaliste pour instaurer une société socialisée ; deux voies opposées pour faire le bonheur des citoyens. On était loin sur ce plan du consensus observé sur d'autres.

Le front se stabilisa sur ces positions : accédant au pouvoir, les socialistes entreprirent la réalisation d'un vaste programme de nationalisations qui bouleversa le rapport entre secteur public et secteur privé et transforma les structures de l'économie française, en particulier par le transfert presque intégral du crédit entre les mains de l'État. Revenue au pouvoir en 1986, la droite n'eut rien de plus pressé que de mettre en train la privatisation des entreprises nationalisées, y compris de quelques-unes de celles qui dataient de 1945-46. La guerre prit brusquement fin comme si la question avait soudain cessé de passionner : revenue au gouvernement en 1988, la gauche eut le bon sens de laisser les choses en l'état. François Mitterrand avait défini sa doctrine sur le sujet par un double refus : ni nouvelles nationalisations ni privatisations. C'était le gel des positions. Depuis, la question a pratiquement disparu des congrès de partis comme si, de part et d'autre, on s'était avéré que le statut d'une entreprise n'a pas grande incidence sur la condition des salariés et que la vraie différence est entre les entreprises bien dirigées et compétitives et les autres. Au vu de la faillite des régimes qui se fondaient sur l'appropriation collective des moyens de production, les chances sont minces que la question revienne au premier rang. À son tour, elle est entrée dans le champ du consensus. Le gouvernement Bérégovoy a entrepris de privatiser par petits paquets. Même l'impôt institué par les socialistes en 1981 sur les grandes fortunes, supprimé en 1986 par la droite, rétabli en 1988, sous l'appellation d'« impôt de solidarité sur la fortune », n'est pas un critère qui départage les deux camps. Une majorité d'électeurs de droite se prononce contre son abrogation : 58 %.

Ainsi le consensus a tour à tour attiré dans son orbite les sujets qui étaient sources de division, et on pourrait allonger l'inventaire : dans ces mêmes années 80, la politique étrangère de la France, qui avait opposé la quasi-totalité des forces politiques au général de Gaulle, la politique de défense qui avait suscité ou les sarcasmes contre la bombinette ou l'indignation contre la stratégie anticités, la politique de construction européenne étaient, elles aussi, entrées dans le cercle enchanté du consensus. François Mitterrand s'instaurait le continuateur de Charles de Gaulle et revendiquait tout l'héritage : la dissuasion, c'était lui. Aucune de ces questions ne divisait plus les Français entre droite et gauche. En novembre 1990, une majorité de Français, approchant ou dépassant les deux tiers, estimaient qu'il n'y avait que peu de différence entre droite et gauche sur la politique économique, l'éducation, la lutte contre la délinquance, la protection sociale, l'Europe, la politique étrangère... Tout ne donnait-il pas à penser que la distinction droite-gauche, dont les deux termes avaient rythmé toute notre histoire politique, était désormais révolue? Quoi de plus logique, au reste? Cette distinction était liée au souvenir de la Révolution : la France l'avait propagée partout où avaient pénétré les principes de 1789. Ces principes ayant triomphé de toutes les obstructions, au moment où se referme le cycle qu'elle a ouvert, n'est-il pas logique que la division que la Révolution avait engendrée cesse d'être le principe organisateur de débats dont les enjeux seront désormais d'une autre nature?

Droite et gauche ne sont pas des essences

À s'en tenir ainsi aux repères traditionnels qui jalonnaient la limite entre droite et gauche, la distinction paraît caduque : les bornes frontières ont disparu. Et, cependant, les Français sont loin d'être unis : ils se divisent, se séparent, se combattent. Où est donc la cause de leur division entre majorité et opposition? Plutôt que de poursuivre la quête manifestement vaine de références à des problèmes factuels – forme du régime, système institutionnel, statut de l'entreprise –, ne faudrait-il pas chercher la réponse dans des définitions plus générales et quasi métaphysiques?

On ne s'arrêtera pas à celles qui relèvent de la psychologie ou de la caractérologie : elles font appel à des concepts dont le statut scientifique est mal assuré, tel celui de tempérament, ou sont trop souvent gâtées par la polémique. Ainsi de l'assimilation de la gauche à l'optimisme et de la droite au pessimisme. S'il est vraisemblable que la volonté de prendre son destin en main plutôt que de le subir et l'ambition de fonder un ordre nouveau qu'on espère meilleur attestent la confiance de la gauche dans la raison humaine et impliquent le refus de la fatalité, et donc un optimisme à terme, la condamnation catégorique de l'état de choses existant, l'exclusion par le communisme de tout vestige de la société bourgeoise et la préférence donnée au changement révolutionnaire sur l'amélioration graduelle par une action continue et sans violence expriment un jugement pessimiste. À l'inverse, l'attachement de la droite au passé n'est pas nécessairement entaché de pessimisme.

Depuis la petite phrase de Valéry Giscard d'Estaing qui fit mouche dans le débat télévisé de mai 1974 avec François Mitterrand, « la gauche n'a pas le monopole du cœur », il n'est plus concevable de définir la gauche par la générosité contre une droite dont les comportements seraient dictés par l'égoïsme. La vérité est que, comme tout être, droite et gauche sont partagées entre l'idéalisme et le sens de leurs intérêts : elles associent dans des combinaisons, dont les dosages varient, considérations intéressées et références à des valeurs. Les valeurs ne sont pas les mêmes, mais elles sont présentes de part et d'autre. Même la solidarité dont on a tendance à faire une valeur de gauche a son pendant à droite : solidarité avec les peuples du tiers-monde, ou solidarité avec la communauté nationale. Il est aussi injuste de dire que la droite a gagné certaines élections grâce à la peur que de prétendre que la gauche doit ses succès à l'envie ou à la haine.

Quant aux intérêts, il est dans l'ordre que les partis

en prennent la défense. On a longtemps cru, et certains continuent de le croire, que la différence des intérêts représentés est le principe majeur de la différence entre droite et gauche : cette conviction se traduit jusque dans le vocabulaire qui oppose les partis dits ouvriers aux partis bourgeois. Le système marxiste, qui réduit toute réalité à sa dimension matérielle, postule que les opinions, les croyances, les choix politiques procèdent directement de la position du sujet dans le processus de production : le prolétaire, dès qu'il aura pris conscience de sa condition, ne pourra voter que pour les partis de la classe ouvrière, la bourgeoisie à l'inverse. C'est une conviction de ce genre qui inspirait la confiance que François Mitterrand affichait dans la victoire du Parti socialiste : la société française se composant toujours davantage de salariés – ils sont passés depuis le début de la Ve République de 62 % à 84 % –, tôt ou tard la majorité politique rejoindrait la majorité sociale. Curieusement son adversaire, qui ne se réfère pourtant pas à la même philosophie, n'était pas loin de partager son postulat, sauf à en tirer des conséquences contraires : observant la formation d'un groupe central majoritaire, composé des cadres, des professions intermédiaires, des employés, Valéry Giscard d'Estaing y voyait la matrice d'un grand parti du centre auquel écherrait naturellement la direction du pays. De cette interprétation qui déduit les choix et les comportements personnels des statuts socio-économiques, Pierre Mauroy proposait une version anachronique et presque caricaturale quand il désignait la droite comme « les gens du château » en face du peuple de France. C'était supposer qu'il y avait en France beaucoup de châtelains. Il y a un peuple de droite comme il y a des grands bourgeois et des patrons à gauche. Les partis sont tous interclassistes, et chacune des catégories sociales distribue ses sympathies et ses suffrages entre toutes les formations qui les sollicitent, même si c'est dans des proportions inégales.

François Goguel a proposé un autre principe de définition dans son livre pionnier, *La Politique des partis*, en rebaptisant droite et gauche, ordre et mouvement : la droite attachée au maintien du *statu quo*, se défiant des changements, réservée devant toute innovation; la gauche tournée vers l'avenir, convaincue qu'il sera meilleur, accueillante à la nouveauté. Cette double identification, dont les appellations étaient empruntées au temps de la monarchie de Juillet, ont fort longtemps bien convenu, fournissant une clef pour déchiffrer la complexité de nos controverses. En 1965, dans sa campagne électorale, le général de Gaulle transposait cette opposition sur un mode populaire : la gauche avait le désir, bien compréhensible, d'améliorer la vie, par exemple en acquérant une machine à laver; mais la mère de famille de droite, elle, n'admettait pas que ses fils rentrent à la maison à des heures trop tardives après avoir fait la bamboche. Formulé en termes moins proches de l'existence quotidienne, la droite représentait la continuité, la fidélité aux valeurs traditionnelles; la gauche apportait la nouveauté. Pour un esprit s'élevant au-dessus des calculs politiciens, droite et gauche étaient les deux faces complémentaires de l'action politique.

Cette interprétation est-elle encore valable aujourd'hui? C'est sous des gouvernements s'appuyant sur des majorités de droite que la France a accompli la plus importante mutation de son histoire et la droite se fit un malin plaisir en 1981 d'observer que la gauche cherchait aux problèmes du jour des réponses anachroniques, par exemple en comptant sur les nationalisations pour remédier au chômage. Où se réfugie aujourd'hui l'archaïsme et de quel côté trouve-t-on la modernité? Ce n'est pas un polémiste de droite, mais l'éditorialiste du *Nouvel Observateur*, un des esprits les plus perspicaces et les plus indépendants de notre temps, Jacques Julliard, qui écrivait dans *Le Génie de la liberté* :

« Dans presque tous les domaines, la gauche française avait partie liée au passé de la France : malthusianisme économique, centralisation administrative, corporatisme catégoriel, laïcisme ringard, national colonialisme; elle confondait le poujadisme avec l'anticapitalisme, l'impérialisme étatique avec l'autorité publique, l'immobilisme social avec le syndicalisme, l'anticléricalisme avec le progrès de l'éducation, le chauvinisme petit-bourgeois avec la grandeur de la France. Dans tous les domaines la gauche française était non seulement conservatrice mais réactionnaire. »

La charge est sans doute quelque peu injuste et Jacques Julliard est assez subtil pour savoir qu'il a forcé le trait. Toute la gauche n'a pas été colonialiste : il y eut à côté d'une gauche sclérosée une gauche modernisatrice. C'est un gouvernement de gauche qui a réalisé la décentralisation dont la droite parlait depuis longtemps mais qu'elle avait toujours différé d'entreprendre. Mais ce réquisitoire, sous la plume d'un homme de gauche, montre que, si droite et gauche ont pu ainsi se trouver à fronts renversés, il est sage de renoncer à chercher ce qui les différencie en direction de la relation passé-avenir. Elle s'enracinent l'une et l'autre dans le passé et ambitionnent pareillement de construire l'avenir. Mais elles ne se réfèrent pas au même passé; chacune entretient avec l'histoire des relations singulières.

Encore que la chose soit aujourd'hui moins évidente. Tel événement qui suscitait naguère des sentiments contraires à droite et à gauche a cessé de diviser : une vulgate commune s'est peu à peu substituée aux légendes dorées ou noires qui déchiraient la mémoire nationale. Ainsi de la Révolution : à l'exception d'une droite extrême qui continue de tenir la Révolution pour satanique et ses principes pour intrinsèquement mauvais, la très grande majorité des Français, droite et gauche confondues, accepte le fait de la Révolution, et la gauche ne professe plus que c'est un bloc infrangible : de part et d'autre, les passions se sont apaisées, et on juge l'événement avec objectivité. En trois années, la célébration du millénaire capétien, celle du bicentenaire de 1789 et l'année de Gaulle ont manifesté que les Français étaient réconciliés avec leur histoire et l'acceptaient dans sa totalité. L'histoire aussi fait partie du consensus.

Le consensus politique, une utopie

Pour désirable qu'il puisse être, le consensus en politique est cependant une utopie. Il peut être un objectif légitime; il ne sera jamais qu'un état transitoire. Pour deux raisons qui, à vrai dire, n'en font qu'une. La politique étant dans une société le lieu où se prennent les décisions suprêmes, celles qui contraignent, qui fixent des règles dont la violation par les individus ou les groupes peut être sanctionnée et punie, et aussi où sont accordées des aides, désigne le point vers lequel convergent naturellement toutes les demandes et aussi les attentes. De ce fait, elle récapitule l'ensemble des conflits d'intérêts, des divergences de vues, des tensions sociales. Or toute société est traversée par toute sorte d'antagonismes, et plus elle est différenciée et progresse en complexité, plus aussi se multiplient les sujets de désaccord qui trouvent un écho en politique. Il est des esprits pour reprocher à la politique d'entretenir, voire de susciter les divisions, comme si ce n'était pas sa fonction propre de les évoquer, et la responsabilité spécifique du pouvoir d'arbitrer entre les sollicitations qui l'assaillent! C'est son rôle et sa grandeur de faire des choix.

Or – seconde raison – tout choix est binaire : il se présente au moment de décider sous la forme d'une alternative. La consultation de type référendaire, à laquelle on fait parfois reproche d'enfermer les citoyens dans un dilemme dont ils ne peuvent sortir que par oui ou non, n'est que l'expression simplifiée de ce qu'est par nécessité toute décision : par exemple, le gouvernement posera-t-il ou non la question de confiance, les députés voteront-ils ou non la motion de censure ? Même si les choix ne prennent pas tous une forme aussi tranchée sur des enjeux aussi dramatiques, tout acte politique aboutit à opter entre deux solutions : intervenir ou non dans un conflit social ? Accorder ou refuser la subvention demandée ? Aussi est-ce une chimère que d'espérer que sur tout sujet la diversité des personnes et des familles de pensée puisse se retrouver unanime. Les unanimités sont presque toujours trompeuses et reposent sur une équivoque qui ne tarde guère à se dissiper. Ainsi, non seulement le consensus est chose exceptionnelle et d'autant plus précieuse qu'elle est rare, mais le partage est presque toujours dualiste : c'est une des explications du clivage droite-gauche qui a surgi, dans l'été 1789, dès que l'Assemblée constituante a dû se prononcer sur le veto royal : absolu et sans limite de temps, ou relatif et limité dans la durée ?

À ces raisons générales s'en ajoute, depuis la révision de 1962, une troisième qui découle de nos institutions : en disposant que le président de la République ne peut être élu qu'à la majorité absolue, et en n'admettant au second tour que les deux candidats arrivés en tête du premier, elles ont encore accentué le caractère binaire de la vie politique. L'élection du chef de l'État en étant le temps fort, elle a un effet d'entraînement sur toutes les autres consultations et modèle par voie de conséquence le système des forces politiques contraintes de se rassembler en deux blocs antagonistes. C'est du reste le défi pour tout président de la République que de tenter de concilier les deux rôles entre lesquels il est écartelé : élu d'une majorité qui l'a emporté sur une minorité, il est aussi le président de tous les Français.

Comment satisfaire à deux exigences aussi contraires, ne pas décevoir la tendance qui attend de lui qu'il réalise le programme sur lequel il a fait campagne, et dans le même temps resserrer la cohésion du corps social, renforcer l'unité de la nation? Depuis 1962, il n'est pas un titulaire de la fonction qui ne se soit acharné et épuisé à essayer de tenir les deux rôles, le second prenant ordinairement le pas sur le premier dans son esprit à mesure que s'éloigne le temps de l'élection.

Puisque les choix doivent être binaires, ils tendent par une pesanteur naturelle à se couler dans le cadre préexistant qui est l'héritage de l'histoire : la division droite-gauche est une structure toute trouvée qui assure la continuité des sentiments, des convictions et des comportements. La politique est en effet conçue, rêvée, vécue, pratiquée par des hommes et des femmes qui ont une histoire personnelle, qui ont reçu une certaine éducation, qui s'inscrivent dans une tradition familiale, régionale, idéologique, religieuse qui les a façonnés. Les recherches récentes sur la permanence des opinions, la transmission des traditions, la socialisation politique des enfants et des adolescents ont souligné l'importance de la culture politique, et mis en lumière le poids du passé à travers la mémoire collective et les souvenirs personnels. Les expériences heureuses, plus souvent malheureuses, pèsent de façon parfois déterminante sur les décisions les plus lourdes de conséquences; ainsi du souvenir des accords de Munich auxquels il est fait référence chaque fois qu'il faut choisir entre la fermeté et la recherche d'un compromis. Si le gouvernement socialiste présidé par Guy Mollet s'est en 1956 fourvoyé dans l'expédition de Suez qui s'est terminée par un fiasco, c'était avant tout pour ne pas retomber dans l'erreur de 1938 : on est allé à Suez pour ne pas retourner à Munich, sans tenir compte de la différence des temps, des situations, des régimes, des hommes, des enjeux. Tout récemment, la guerre du Golfe a de nouveau mis en évidence le poids de l'expérience des générations successives et la différence des leçons qu'elles en retiraient : la génération du chef de l'État et du ministre des Affaires étrangères, qui a dû faire face à la menace hitlérienne et s'engager dans la Résistance armée, en a retenu que toute tentative d'apaiser par des concessions les dictateurs qui aspirent à l'hégémonie ne fait qu'accroître leur convoitise : la fermeté seule est payante et peut faire l'économie de la guerre. La génération plus jeune qui arriva à l'âge d'homme au temps des guerres coloniales garde de la guerre d'Algérie comme un doute sur la légitimité de l'opposition aux aspirations des peuples qui furent colonisés et une certaine mauvaise conscience qui la retint d'approuver aussi nettement l'intervention contre Saddam Hussein.

Le consensus ébréché

Le constat d'un très large consensus, conforme à une aspiration assez générale, qui s'est instauré progressivement dans les dix ou douze dernières années, sur la plupart des anciens sujets de discorde, ne doit dissimuler ni ses limites ni sa relative superficialité. Même sur les questions à propos desquelles les controverses se sont éteintes, subsistent des noyaux durs qui ne se résignent pas à l'abandon des positions intransigeantes. Ainsi pour la question religieuse ; à gauche, toute trace d'anticléricalisme n'a pas disparu : les suspicions sur les visées de l'Église n'ont pas désarmé, et la moindre occasion réveille la crainte d'une emprise de la religion sur la société. À l'opposé, une minorité de catholiques intégristes n'a pas encore accepté la laïcisation de la société et rêve toujours de restaurer l'ordre des choses ancien où Église et société vivaient en osmose. De même pour l'économie : l'armistice conclu entre libéraux et socialistes n'a pas mis fin aux controverses sur les rôles respectifs du marché et du Plan ou sur le statut de l'entreprise; une gauche dénonce l'assujettissement de l'économie et du social à une politique monétariste, et une droite soupçonne les socialistes de n'avoir pas renoncé à leurs vues doctrinaires sur la collectivisation des moyens de production.

Même sur les institutions, le consensus est parfois discrètement remis en question : les critiques ne portent pas seulement sur les déformations qui ont affecté le système, l'enflure du pouvoir du président ou l'abaissement du Parlement. L'intervention croissante du Conseil constitutionnel a suscité des réactions d'agacement des gouvernements qui tolèrent mal de se voir censurés par une juridiction dont ils avaient escompté qu'elle serait pour eux une auxiliaire loyale, comme en 1971 lors de l'annulation de la loi sur les associations. Certains restent attachés à la thèse de la suprématie du Législateur. Les uns, sans toujours le proclamer à voix haute, rêvent d'un retour à la pratique des précédentes républiques : ce souhait n'est pas étranger au projet de réduire la durée du mandat présidentiel. D'autres, au contraire, proposent d'aller au-delà et d'instaurer un vrai régime présidentiel : Simone Veil a suggéré de supprimer la fonction de Premier ministre et de fondre l'ensemble des compétences de l'exécutif au bénéfice du président de la République. Une évolution en ce sens, qui devrait avoir pour corollaire la suppression de la responsabilité du gouvernement devant l'Assemblée et, en contrepartie, l'abrogation du droit de dissolution, transformerait si profondément la nature du régime en en retranchant les dispositions qui lui conservent un caractère parlementaire qu'elles justifieraient qu'on parle alors de VIe République. A vrai dire, ces projets n'ont guère de chance de se réaliser : compte tenu des conditions rigoureuses que la Constitution a fixées pour une révision, le plus probable est que les choses demeurent en l'état. Il n'est cependant plus tout à fait conforme à l'état des esprits de considérer que les institutions sont l'objet d'un consensus unanime.

Bien que moins manifeste, on peut dire la même chose de la politique de défense, même si elle n'est ouvertement critiquée que par le Parti communiste, depuis que la gauche s'est ralliée à la stratégie de dissuasion et que la droite a accepté que la France prît de la distance à l'égard de l'organisation militaire du traité de l'Atlantique Nord. C'est l'évolution géopolitique qui remet l'accord en question : l'effondrement de l'Empire soviétique a supprimé la menace contre laquelle la stratégie avait été conçue; de quelle utilité l'arme nucléaire pourrait-elle être pour des interventions en des pays lointains? C'est toute la stratégie qui doit être repensée. Par ailleurs, l'impératif d'une défense indépendante est peu à peu remis en cause : les contacts, qui n'avaient jamais été totalement rompus, avec l'OTAN se sont resserrés. La création d'une brigade franco-allemande, frayant la voie à la constitution d'un corps d'armée dont on propose à d'autres, Belgique, Espagne, de faire partie, met fin au mythe d'une défense totalement séparée, et le traité d'Union européenne mentionne explicitement l'organisation d'une défense européenne commune comme un des objectifs que s'assigne à moyen terme la Communauté. Le consensus est de ce fait virtuellement dépassé.

La politique étrangère est peut-être le secteur qui illustre le mieux les vicissitudes du consensus et les oscillations de l'opinion entre l'adhésion et le refus, l'indifférence et la passion. Ce fut longtemps un axiome qui ne souffrait guère d'exception qu'il y avait une cloison étanche entre ce qui se passait au-delà des frontières et les choix de politique intérieure; l'électeur ignorait superbement le reste du monde au moment de voter. Au besoin, il imaginait le monde à partir de ses choix : c'est ainsi qu'une partie de la gauche demeura imperturbablement pacifiste en face du réarmement de l'Allemagne après 1933 et ne sortit que trop tard de son aveuglement. Il n'y avait pas d'interférences entre politique intérieure et politique extérieure, et notre diplomatie, fidèle à la grande tradition de François Ier traitant avec le Grand Turc ou du cardinal de Richelieu s'alliant aux princes luthériens d'Allemagne contre la maison d'Autriche, négociait l'alliance de la seule république européenne avec la Russie tsariste. Mais l'axiome avait déjà perdu de sa validité dans l'entre-deux-guerres : par le biais des affinités idéologiques, des cousinages s'étaient noués entre choix de politique intérieure et sympathies pour des régimes étrangers. Les interférences se resserrent alors, se précisent, se diversifient, sans qu'on sache toujours bien dans quel sens la relation s'instaure. Ce sont assurément des considérations internationales qui dictèrent en 1935 au Parti communiste son ralliement à la politique de défense nationale, comme c'est la solidarité inconditionnelle avec la patrie des travailleurs qui lui fit approuver le pacte germano-soviétique.

Les interférences ne firent que s'accentuer après 1945, avec la guerre froide qui fit passer le rideau de fer en plein milieu de la société française : le réarmement allemand et les débuts de la construction européenne suscitent d'âpres débats et alimentent les discussions politiques. L'information sur l'étranger prend alors dans les médias une place croissante; mieux informés des réalités extérieures, les Français se détachent des mirages que favorisait l'éloignement. Ils ont confusément conscience de dépendre davantage des autres et ils pressentent que la France ne peut plus vivre en isolat. Les guerres coloniales précipitent le mouvement; l'échec de l'expédition de Suez leur ouvre les yeux. Si le retour du général de Gaulle restitue à la France influence et prestige, il ne renverse pas la tendance : la politique extérieure est désormais un élément de la politique tout court. La détérioration de l'image de l'Union soviétique a des incidences sur la cote du Parti communiste et contribue à son recul électoral. On a presque pu en saisir une preuve tangible le dimanche de janvier 1980 qui suivit l'interview de Georges Marchais au journal télévisé de TF1 où il approuvait l'intervention de l'armée soviétique en Afghanistan : il la justifiait par des arguments spécieux qui rappelaient ceux par lesquels la droite défendit en 1935 l'agression de Mussolini contre l'Éthiopie; on enregistra aux élections cantonales partielles un fléchissement significatif des suffrages communistes.

Sous le principat du général de Gaulle, la politique étrangère fut, avec l'Algérie, le sujet qui divisa le plus les forces politiques; en dehors des communistes qui trouvaient quelque mérite à ses initiatives dans la mesure où elles s'écartaient des États-Unis, et des gaullistes, toutes les formations faisaient les plus vives réserves sur ses orientations et sur ses expressions : la sortie de l'OTAN, la politique de la chaise vide, les encouragements au Québec libre, la sévérité du jugement sur Israël. Droite et gauche se retrouvaient unies pour critiquer son nationalisme et le blâmer d'affaiblir le monde libre en prenant des distances par rapport à l'Alliance atlantique et d'entraver la construction d'une Europe unie. En juin 1962, une motion dite « des Européens », condamnant cette politique, réunit une majorité absolue à l'Assemblée, et c'est pour une raillerie sur le volapük intégré que les cinq membres du MRP, qui avaient accepté d'entrer dans le gouvernement de Georges Pompidou et de rejoindre la majorité, rompirent avec le gaullisme ministériel.

Après le départ du premier président de la Ve République, l'apaisement se fit progressivement en ce domaine comme en d'autres : les partis se rangèrent l'un après l'autre aux vues du Général, et l'idée s'imposa qu'il n'y avait pas de politique de rechange. Seuls les communistes firent entendre leur dissonance :

hier, ils se singularisaient par une certaine sympathie pour les orientations de notre diplomatie; maintenant, ils étaient presque les seuls à en désapprouver les choix : avec un soupçon de nostalgie, il leur arrivait de se réclamer de la pensée gaullienne et pour un peu ils auraient prétendu être les seuls à lui rester fidèles. La politique extérieure étant ainsi l'objet d'un consensus presque général, ses problèmes étaient neutralisés et n'entretenaient plus de division dans la vie politique : d'une certaine façon, et pour des raisons toutes différentes de celles qui séparaient autrefois l'intérieur de l'extérieur, le cloisonnement était rétabli. Ce consensus n'allait pas sans équivoque : depuis deux ou trois ans, les événements nous l'ont révélé en le faisant voler en éclats. La décision de François Mitterrand d'intervenir dans la guerre du Golfe suscita aux deux ailes du système politique des oppositions déterminées et provoqua des dissensions dans plusieurs formations. Le clivage n'épousa aucunement la ligne de démarcation entre droite et gauche : au contraire. Les droites modérées, UDF et RPR, à quelques exceptions individuelles près, firent bloc derrière le gouvernement avec le gros du Parti socialiste. L'opposition rassembla des éléments très disparates : à l'extrême droite, Jean-Marie Le Pen et une partie du Front national; à droite, un noyau gaulliste avec à sa tête un quarteron de figures emblématiques, dont l'amiral Philippe de Gaulle et l'ancien ministre des Affaires étrangères du Général pendant dix années; et, à gauche, outre le Parti communiste dont l'opposition n'était pas pour surprendre, une fraction du Parti socialiste derrière le ministre de la Défense, Jean-Pierre Chevènement. Seules motivations communes à tous ces opposants qu'on puisse deviner : le refus d'engager la France dans un conflit où elle n'avait pas d'intérêts directs en jeu, la répugnance à s'aligner sur Washington, la crainte de perdre les amitiés du monde arabe; pour certains la mauvaise conscience à l'égard du tiers-monde, et pour quelques-uns un faible pour le régime irakien moderniste et laïque. Curieux assemblage qui fait revivre des clivages anciens et en préfigure d'autres.

L'expérience s'est renouvelée sur une plus large échelle en 1992 à propos de la ratification du traité négocié à Maastricht, qui avait l'ambition de faire franchir une nouvelle étape à la construction d'une Europe unie. Le débat sur la révision de la Constitution pour la mettre en conformité avec certains des engagements pris par les gouvernements, et la décision du président de la République de soumettre au peuple français la ratification du traité par référendum ont ravivé les divergences et opéré la jonction entre décision de politique extérieure (pour autant qu'on puisse tenir pour relevant encore de la politique extérieure ce qui concerne la Communauté européenne, qui constitue plutôt un domaine intermédiaire) et politique intérieure. La controverse a remis en question les solidarités existantes et provoqué des reclassements inopinés. La plupart des composantes du système politique ont rejoué la bataille de 1954 sur la Communauté européenne de défense en dépit de la différence des situations historiques. Quelle manifestation de la pérennité des traditions et de la permanence des tendances profondes ! Comme il y a quarante ans, la question a bousculé la frontière traditionnelle entre droite et gauche, et fait éclater plusieurs formations : à gauche, le Parti socialiste s'est partagé inégalement entre une grosse majorité derrière le président et une minorité ; à droite, le partage a été plus complexe : presque toute l'UDF et la plupart des leaders du RPR pour le oui, mais une poignée de l'UDF et le gros des militants néo-gaullistes derrière Philippe Séguin et Charles Pasqua. Cette cassure n'est pas absolument inédite : la divergence entre UDF et RPR a révélé un désaccord de fond sur beaucoup de problèmes entre la droite libérale, giscardienne ou démocrate chrétienne, et le gaullisme autoritaire. Ce n'est pas seulement sur l'Europe et la Nation que ces deux courants s'opposent : le débat sur le traité n'a fait que manifester la persistance du différend et éclairer les raisons pour lesquelles ces deux droites n'ont jamais réussi à surmonter tout à fait leurs dissentiments. La politique extérieure est à la fois un sujet de discorde et le révélateur d'autres désaccords. Quant au corps électoral, il s'est partagé par moitié.

De nouveaux sujets de dissension

Ainsi la vie politique a manifesté dans les années 80 une certaine tendance, assez insolite dans un pays qui se singularisait plutôt par son goût invétéré pour les controverses idéologiques et les affrontements politiques, à l'instauration d'un consensus de plus en plus étendu. La plupart des sujets qui divisaient l'opinion ont reçu une solution ou ont perdu de leur acuité : en tout cas, ils ont cessé d'être des repères. Aussi, une majorité de citoyens tient-elle la division droite-gauche pour désuète et considère que ces deux notions n'aident plus à comprendre les prises de position des partis et des hommes politiques. C'est donc une configuration nouvelle de la politique.

Et, pourtant, toute division n'est pas effacée. Tout n'a pas disparu des anciennes discordes, d'autres se profilent à l'horizon; le consensus est remis en cause, sur plus d'un point. Ces divergences se reflètent dans les déclarations des citoyens et dans leurs propres contradictions. Car, dans les mêmes sondages où une majorité juge la distinction droite-gauche dépassée, il y a aussi une majorité qui accepte de se situer par rapport à elle : ainsi, en novembre 1990, ils n'étaient que 34 % à estimer que cette division avait encore un sens, mais 38 % se disaient de gauche et 28 % de droite, soit un total de

66 %. Un tiers approximativement des Français interrogés ne jugent donc pas les deux affirmations incompatibles. Comment expliquer ce paradoxe, sauf à décréter tout bonnement que nos concitoyens sont déraisonnables? On se gardera de jugements aussi sommaires : par respect pour la démocratie et parce qu'en politique toute opinion mérite d'être prise au sérieux.

La réponse est double. D'une part, l'opposition entre droite et gauche ne porte pas seulement sur des questions typiquement politiques, comme la nature du régime, la forme des institutions, les relations entre l'Église et l'État, ou qui en sont proches, comme l'organisation de l'économie, le régime de la propriété, le statut de l'entreprise. Elle concerne aussi des problèmes de société et elle traduit des choix entre des systèmes de valeurs. C'est dire que le consensus qui a pu réduire peu à peu les divergences du premier ordre ne résorbe pas pour autant les dissentiments plus profonds sur le second. D'autre part, de nouveaux problèmes surgissent dans le champ du politique.

Toute différence n'a pas disparu entre droite et gauche. La tendance asymptotique au consensus n'a pas érodé toute divergence, ni supprimé les écarts. Les enquêtes d'opinion apportent à ce sujet des informations intéressantes : si, sur les enjeux les plus classiques, les différences se sont amenuisées au point de perdre toute validité opératoire, il n'en est pas de même sur quelques sujets qui demeurent significatifs. Les oscillations de l'aiguille sur le cadran des sondages désignent les points sensibles. C'est le cas pour la peine de mort. On sait que, dix ans après son abolition, les Français continuent de rester en majorité attachés au maintien de ce châtiment, mais ils le sont inégalement. La gauche se partage exactement par moitié : 50 % pour son rétablissement; 76 % à droite. Avec des écarts appréciables entre les composantes de la droite : de 70 % à l'UDF à 93 % au Front national, qui ont leur réplique à gauche : 48 % chez les électeurs socialistes, 60 % dans les rangs communistes. En 1981, l'opposition avait dû laisser la liberté de vote aux députés sur le projet présenté par Robert Badinter. Jacques Chirac, Philippe Séguin, d'autres se sont joints à l'ensemble de la gauche pour rayer la peine capitale du Code pénal et reléguer les bois de justice au musée. De part et d'autre, les partisans les plus déterminés du rétablissement de la peine capitale se massent aux extrêmes, l'intransigeance fléchit aux centres gauche et droit. À défaut du retour à la peine de mort, la droite réclame des peines de substitution rigoureuses et incompressibles.

Cette différence entre le noyau dur de la droite et l'orientation dominante à gauche s'enracine dans des raisons de fond puisées dans des philosophies divergentes. La droite fait passer la défense de la société, la protection des victimes, la répression des crimes avant le relèvement des criminels et leur réintégration sociale. C'est aussi qu'à droite on a moins confiance dans la possibilité pour un coupable de redevenir un citoyen honnête : on incline à enfermer les individus dans des catégories dont on ne croit pas qu'ils puissent s'évader. C'est un aspect de la grande controverse sur les parts respectives de l'inné et de l'acquis qui départage deux attitudes d'esprit et deux systèmes philosophiques. Elle émerge aussi dans le débat sur l'éducation : à gauche on crédite chacun d'une égale possibilité de développement; à droite, on doute de cette égalité virtuelle. À mesure qu'augmente la délinquance, ou qu'on croit qu'elle augmente, le thème de l'insécurité prend une place croissante dans le champ politique : la gauche est portée à nier le fait, la droite à l'exagérer. Le point de vue sur la légitime défense, sur le rétablissement des quartiers de haute sécurité est ainsi un assez bon indicateur de la position sur le vecteur droite-gauche.

L'attitude à l'égard de ce qu'on appelle les mœurs, le

comportement personnel dans le domaine de la sexualité, est un autre critère. Depuis le début des années 60, et avec un temps de retard sur les démocraties du Nord de l'Europe, Danemark, Pays-Bas, Grande-Bretagne, la France est entrée dans l'ère de la permissivité et de la libéralisation des mœurs. 1968 a amplifié le mouvement en proclamant l'interdiction d'interdire. Le carré blanc mettant à l'index les émissions de télévision qui semblaient osées a disparu, et les chaînes n'hésitent plus à programmer aux heures de grande écoute où ils sont reçus en famille des programmes qu'elles auraient naguère hésité à présenter à minuit. Une publicité s'étale sur les murs de nos villes, dans les couloirs du métro, pour le Minitel rose, qui tombe sous le coup de la législation réprimant l'excitation à la débauche et le proxénétisme. Cet étalage d'érotisme ou de pornographie – la droite ne saurait guère distinguer – scandalise à droite et alimente la hargne contre les hommes politiques de droite qui ont laissé faire quand ils étaient au pouvoir. La réaction d'indignation de pères de famille attachés aux valeurs qui leur ont été enseignées par leurs maîtres, qu'ils fussent laïques ou cléricaux, contre ce qu'ils tiennent pour un dévergondage social, a conduit sans doute un nombre appréciable d'électeurs à voter pour le Front national; aujourd'hui, la croisade engagée par Philippe de Villiers et son Combat pour les valeurs les enrôle. La gauche, elle, voit plutôt dans cette émancipation un progrès de la liberté individuelle, et des hebdomadaires de gauche n'ont pas de scrupule à se faire une spécialité de petites annonces qui, en d'autres temps, auraient été poursuivies en justice. La gauche communiste fait exception : ses militants, exercés à combattre l'individualisme petit-bourgeois et à subordonner leurs aspirations personnelles à des fins collectives, sont heurtés dans leur puritanisme par cette attitude libertaire. En quoi ils montrent plus de cohérence car il y a quelque contradiction à préconiser la discipline collective dans le combat politique, à faire appel au civisme et au militantisme, à imposer des règles et des contraintes dans l'activité économique, et à légitimer toutes les pulsions dans la vie privée et la sexualité comme si la même personne pouvait pratiquer ce dédoublement. Contradiction qui a son exacte réplique dans une partie de la droite qui se prononce pour l'ordre moral, fait campagne pour la répression des conduites déviantes, mais s'oppose à toute réglementation dans les rapports sociaux et la gestion de l'économie.

La place de la femme dans la société introduit un autre clivage : sur le sujet, la ligne de démarcation passe entre l'extrême droite et la droite. Les droites modérées ne sont pas hostiles à l'émancipation féminine : le temps est loin où elles considéraient que la place de la femme est au foyer. C'est à l'initiative de Valéry Giscard d'Estaing que les femmes ont accédé à des positions qui leur étaient inaccessibles : recteur d'académie, ou premier président de cour d'appel. Ce sont des assemblées à majorité de droite qui ont fait la brèche dans une législation répressive et adopté des lois libérales : en 1967, la loi Neuwirth, sur proposition du député gaulliste de la Loire, autorise le recours à la contraception; en 1974, surtout, la loi défendue par Simone Veil, ministre de la Santé publique, choisie par Valéry Giscard d'Estaing, abroge la loi de 1920 et légalise sous conditions l'interruption volontaire de grossesse, en clair l'avortement, tenu jusqu'alors pour un crime. Près de vingt ans plus tard, la loi Veil inspire encore à une fraction de la droite une haine farouche contre l'ancien ministre. Une minorité déterminée conteste la loi, stigmatise le meurtre des innocents et approuve les actions de commando menées contre les institutions hospitalières qui pratiquent l'IVG. Sur cet exemple, on discerne bien que les divergences vont au-delà de dissentiments politiques : elles départagent des définitions différentes de la vie et de la personne humaine, des conceptions philosophiques incompatibles.

Les enquêtes d'opinion le confirment. A la question : Seriez-vous plutôt favorable ou plutôt opposé à ce qu'on rende plus difficile l'avortement? posée en avril 1990 par la Sofres dans une enquête sur les valeurs idéologiques des Français, 23 % à gauche se disent plutôt favorables contre 37 % à droite. On observe un écart dans le même sens et de la même ampleur pour le divorce : 15 % à gauche, 24 % à droite pour rendre plus difficile aux époux de se séparer.

N'est-il pas significatif que la proposition de doter les homosexuels vivant en couple d'un statut qui leur octroie la plupart des avantages des couples normaux soit venue de députés socialistes? Et que dans le débat sur la réforme du Code pénal, on ait vu la majorité de la Haute Assemblée se prononcer pour des sanctions plus lourdes dans le cas de débauchage de mineurs par des homosexuels, et la majorité de l'Assemblée nationale supprimer cette discrimination? Doutera-t-on, connaissant l'orientation dominante des deux assemblées, que le jugement sur les mœurs soit un critère de la pérennité de la division droite-gauche?

Troisième enjeu de l'opposition entre les deux pôles du couple droite-gauche, auquel l'actualité confère une importance politique exceptionnelle : le thème de l'identité nationale. Pour une partie de la droite, sa défense est un impératif contre tout ce qui la menace; pour la gauche, le danger est moins évident, et elle raisonne moins en termes de préservation ou d'exclusion. C'est sur ce thème que la différence apparaît la plus tranchée, et les écarts les plus importants. Non pas que les sentiments qui définissent la droite soient absents à gauche : sans parler du Parti communiste qui n'a jamais laissé passer une occasion d'attiser le chauvinisme populaire, beaucoup d'électeurs de gauche, en dehors d'une minorité dont le tiers-mondisme est la religion, s'inquiètent de la présence d'immigrés dont les habitudes sont différentes et se demandent si le mode de vie spécifique des Français ne risque pas d'en être altéré; mais peut-être ont-ils plus de scrupules à le laisser paraître; l'idéologie de gauche forme comme un surmoi qui contrecarre l'expression de sentiments que des électeurs de droite ont moins de motifs de refréner. Ce n'est pas un hasard si dans un premier temps les adversaires du traité de Maastricht ont fait porter l'essentiel de leur argumentation sur la disposition accordant le droit de vote aux ressortissants des autres pays de la Communauté en affectant de croire que c'était la porte ouverte au vote des immigrés du Maghreb et d'Afrique noire. Quand on demande aux Français leur opinion sur l'octroi du droit de vote aux immigrés pour les élections locales, se disent plutôt favorables 49 % des électeurs de gauche et 17 % de droite. Si on étend l'interrogation à toutes les élections, les chiffres s'abaissent respectivement à 24 % et 5 %. Il n'y a que cinq électeurs de droite sur cent qui en acceptent l'idée. Même distorsion pour un éventuel retrait de la nationalité française aux enfants d'étrangers. Et puisque les immigrés qui font peur, dont on redoute l'invasion, viennent principalement d'Afrique du Nord et sont musulmans, on ne s'étonne pas que toute question qui évoque l'islam provoque des réactions divergentes. Ainsi, malgré leur attachement sourcilleux à la laïcité quand il s'agit du catholicisme, religion historique de la nation française, qui reste celle de la grande majorité des Français et ne menace pas l'identité nationale, 45 % à gauche se déclarent favorables à l'érection de mosquées dans les grandes villes contre 21 % à droite. On pressent, sous-jacent à ces divergences, l'affleurement de conceptions dissemblables de la nation, et de visions différentes de sa nature et de sa mission.

Entre les positions de principe ou les inclinations de droite et de gauche sur des questions aussi différentes, on soupçonne des concordances, on devine des correspondances qui ébauchent des configurations et qui reflètent moins des idéologies constituées que des ensembles de convictions sur des points essentiels et des systèmes de valeurs. Ceux qui consentent à s'identifier à la droite restent fidèles à la morale de leurs pères, mais aussi à une certaine idée de la nature humaine blessée par le péché et qui demande donc à être bridée; cela se traduit par des exigences à l'égard de l'institution éducative : on attendra d'elle qu'elle enseigne l'effort, qu'elle comporte une discipline du corps et du comportement, qu'elle inculque à l'enfant et à l'adolescent la maîtrise de ses impulsions. Ceux qui se disent de gauche ont une défiance instinctive de tout ordre moral : ils sont par principe contre toute censure, toute contrainte, toute règle imposée, parce que disposés à faire confiance à la nature, qu'ils croient bien inspirée, à l'initiative, à la liberté. Dans la vie quotidienne, les contradictions et les incohérences ne sont pas rares : que d'électeurs de gauche se conduisent en parents de droite ! Mais ces discordances n'affectent pas l'essentiel. Ces ensembles de convictions, de postulats sont durables mais peuvent fort bien s'adapter à des questions nouvelles. C'est ainsi que le clivage binaire droite-gauche se renouvelle et se transmet de génération en génération selon un processus auquel pourrait s'appliquer le projet d'André Chénier : « Sur des pensers anciens faisons des vers nouveaux. » À ne regarder que la versification, on pourrait croire que les catégories de droite et de gauche sont devenues caduques. Mais si l'on suit l'inspiration, on reconnaîtra des pensées plus anciennes.

II
UN ÉCHIQUIER POLITIQUE TRANSFORMÉ

La décomposition du système des forces

Le changement le plus visible concerne ce qu'on a pris depuis quelques années l'habitude d'appeler le « paysage politique » : le système des partis, le nombre des partenaires et leurs rapports de force.

Les toutes dernières années autorisent même à parler de véritable mutation : les transformations qui s'y sont produites ont nourri le discours sur la crise de confiance entre le pays et la classe politique par l'ampleur même des changements. Pour être appréciés à leur juste importance, ceux-ci doivent être replacés dans la durée. Le système des forces politiques est sollicité en permanence par deux tendances de sens contraire, entre lesquelles l'électeur oscille périodiquement et qui sont encouragées ou contrariées par la conjoncture, favorisées ou entravées par les institutions et en particulier les régimes électoraux : tendance au resserrement du jeu et à la réduction du nombre des partenaires, tendance à la dispersion et à leur multiplication.

En 1945, a prévalu la simplification : instruits par l'expérience malheureuse des dernières années de la IIIe République, les politiques aspirèrent au regroupement en quelques grands partis organisés, disciplinés, forts de leurs adhérents nombreux, faisant régner leur loi sur les travaux parlementaires. C'est, par exemple, le point de vue développé par Léon Blum dans le petit livre qu'il a mûri en captivité, *A l'échelle humaine.* Cette aspiration est partagée par l'électorat qui porte les trois quarts de ses suffrages, dans les consultations de 1945 où il s'exprime pour la première fois depuis neuf ans, sur trois grands partis, Parti communiste français, SFIO et Mouvement républicain populaire, qui font presque jeu égal. C'est le temps du tripartisme, la belle époque du régime des partis. Le système se défait assez vite avec le passage à l'opposition systématique du Parti communiste, l'émergence d'une opposition gaulliste avec le Rassemblement du peuple français, et la remontée de la droite libérale. Sur la fin de la IVe République, le jeu s'est singulièrement compliqué, associant une bonne demi-douzaine de formations entre lesquelles toute alliance est précaire, rendant les majorités instables.

Obéissant à une intention d'efficacité et correspondant à une demande de l'opinion, la Ve République a mis en place des mécanismes de simplification drastiques. S'il n'y a pas encore de majorité dans la première Assemblée, élue en novembre 1958, la pratique répétée du scrutin majoritaire, dont la rigueur astringente a été régulièrement renforcée par des dispositions qui élevaient le seuil minimal de représentation exigé pour accéder au second tour, et surtout la disposition qui restreint à deux candidats seulement l'accès au second tour de l'élection présidentielle, ont progressivement imposé un resserrement. La bipolarisation s'est affirmée dès 1965 : au second tour de la présidentielle, François Mitterrand est le candidat unique de la gauche unie. Mais le séisme provoqué par le retour du général de Gaulle n'ayant pas encore épuisé ses effets, la distribution des votes entre les deux candidats assouplit la rigueur de l'affrontement binaire : quelque trois millions d'électeurs de gauche ont préféré le premier résistant, tandis que son compétiteur recueillait un nombre élevé de suffrages venant du centre et même de l'extrême droite. D'année en année, la bipolarisation renforcera son empire. Rien n'y résistera : les formations qui siègent ordinairement au centre sont obligées de choisir leur camp et de se ranger sous la bannière de la majorité ou la férule des partis de gauche. Ainsi, le gros de la descendance du MRP entre dans la majorité de droite, et les radicaux se partagent entre ceux qui la rejoignent et le Mouvement des radicaux de gauche, qui adhère à la coalition des gauches. L'élection présidentielle de 1974 parachève le processus : il n'y a plus désormais que deux blocs soudés dans une opposition frontale. La France s'est-elle modelée sur les démocraties anglo-saxonnes qui vivent sous le régime du bipartisme, et ce sans avoir eu à passer par un procédé réducteur aussi brutal que le scrutin britannique à un seul tour? Non. La bipolarisation n'est pas le bipartisme : chaque parti conserve son autonomie et sa spécificité. Il n'y a pas deux partis en face l'un de l'autre, mais deux coalitions. Or, que ce soit entre États ou entre partis, toute coalition est précaire : elle est exposée à se défaire.

La dislocation débute deux ans à peine après le triomphe de la bipolarisation : dès 1976, la démission de Jacques Chirac et le succès de son opération pour s'emparer du contrôle de la formation gaulliste sonnent le glas de la cohésion. La petite guérilla qu'il conduit contre le président et son Premier ministre, et, dans l'autre camp, la rupture à l'automne 1977 de l'Union de la gauche préfigurent l'émergence en 1981 de ce qu'on va appeler la France des quatre quarts : Parti communiste et Parti socialiste d'un côté; Union pour la démocratie française, d'inspiration giscardienne, et Rassemblement pour la République, se réclamant de la pensée gaullienne, de l'autre. De deux le nombre des forces est passé à quatre, rendant les combinaisons plus délicates et plus fragiles.

Depuis, le jeu s'est encore compliqué avec l'apparition de nouveaux acteurs. En 1984, le Front national force l'entrée dans le cercle des grands avec 11 % de suffrages aux élections européennes. Plus récemment, aux élections régionales de 1992, les deux mouvements écologiques y accèdent à leur tour. Passant successivement de deux à quatre, puis de quatre à six, le système a retrouvé la complexité qui décourageait l'électeur sur la fin de la IVe République. Cette complication est-elle pour quelque chose dans les progrès de l'abstention? En tout cas, la simplification des années 60 et 70 s'était accompagnée d'une augmentation régulière de la participation.

Cette fragmentation du paysage politique a toute sorte de conséquences : entre autres, elle ôte à toutes les formations l'espoir d'atteindre seule la majorité absolue : la performance de l'UDR en 1968, renouvelée par le Parti socialiste en 1981, n'a aucune chance de se reproduire. C'est une leçon des élections législatives de juin 1988 : l'absence de majorité absolue qui a contraint le gouvernement Rocard à négocier des suffrages d'appoint.

Le changement le plus significatif concerne le rapport de forces entre des partis dont on peut dire qu'ils ont vocation à gouverner parce qu'ils ont déjà été associés, plus ou moins longtemps, à l'exercice du pouvoir, qu'ils ont un programme global, et des formations qui se caractérisent par une opposition inconditionnelle, le refus de s'allier avec eux et qui ne s'interrogent pas sur la viabilité de leurs propositions. La distinction entre les uns et les autres est peut-être aujourd'hui aussi fondamentale que la distinction droite-gauche. L'inflation du nombre des forces qui sollicitent le suffrage ne se fait pas sans une redistribution partielle de l'électorat : ce que gagnent les uns est perdu par les autres dans ce jeu à somme nulle. Dans les premières années de la décennie 80, plus de 80 % des suffrages se concentraient sur les quatre grandes formations : PCF, PS, UDF, RPR. Les unes récupéraient les électeurs que les autres perdaient, et il n'y avait pas d'espoir pour celles qui survenaient de s'immiscer dans le cercle. Tout autre est la situation présente : l'addition des forces qui n'ont pas d'expérience du gouvernement, qui ne se soucient pas de vérifier que leurs propositions sont applicables ou dont la vision se réduit à des objectifs fractionnels – lutte contre l'immigration, défense de l'environnement, protection de la nature, quand ce n'est pas tout simplement la défense du droit de chasse – approche 40 % des suffrages, ne laissant aux autres guère plus des trois cinquièmes de l'électorat. Ce partage rappelle celui de la IVe République entre 1948 et 1953 : les deux oppositions inconditionnelles de sens contraire – communiste et gaulliste – n'étaient pas loin alors de rassembler une majorité absolue.

Voilà sans doute le changement le plus profond et qui reflète une modification de l'état d'esprit de l'électeur : hier, celui-ci acceptait sans broncher la règle du jeu ; il faisait confiance aux partenaires attitrés ; aujourd'hui, une réaction de rejet de la classe politique et de défiance à l'égard des partis le jette dans une opposition globale et le conduit à voter pour des formations sans programme ou dont le programme n'apporte pas de réponse raisonnée aux graves problèmes de l'heure.

Le dépérissement du Parti communiste

De tous les changements qui ont modifié la configuration du système des forces politiques au cours de la décennie 80, celui dont la portée sera probablement retenue comme décisive par et pour l'histoire est le recul rapide et considérable du Parti communiste si on la mesure à la promptitude à laquelle se défait une position stable depuis longtemps.

D'aucun parti, en effet, l'implantation dans le tissu politique ne paraissait aussi capable de défier le temps et de résister à toutes les vicissitudes de l'histoire. Les autres lui enviaient, sans espoir de l'égaler jamais, son armée de militants dévoués corps et âme, obéissant à la vie et à la mort, épousant inconditionnellement tous les changements de ligne. Une ascension en deux temps – en 1936 dans le rassemblement antifasciste puis, en 1945, sa participation active et courageuse à la Résistance ayant effacé le souvenir de deux années de compromission avec le défaitisme – les avait doublé par deux fois son électorat et lui assurait la première place dans la hiérarchie des partis. Il avait conservé dans l'opposition la primauté arrachée au temps de sa participation au gouvernement, entre 1944 et 1947. Aucun événement, intérieur ou extérieur, n'avait sérieusement ébranlé la confiance des masses populaires; à peine si l'écrasement de la révolution hongroise en 1956 avait troublé quelques intellectuels qui s'étaient éloignés. Seul de Gaulle l'avait fait reculer en 1958 : le « non » préconisé par le Parti communiste avait obtenu au référendum de septembre un total de suffrages nettement inférieur au chiffre des voix communistes, bien que le Parti ne fût pas seul à faire campagne contre la Constitution; quelque 30 % de ses électeurs ont alors écouté la voix du général de Gaulle de préférence à la sienne. Mais il eut tôt fait de recouvrer la plupart de ces transfuges d'un moment, et il se maintint constamment, entre 1960 et 1980, au-dessus de 20 % des suffrages. En juin 1969, à l'élection pour désigner le successeur du général de Gaulle, il s'en fallut de peu que le porte-drapeau du Parti communiste, Jacques Duclos, n'accédât au second tour et ne fût le compétiteur de Georges Pompidou, bien que ce type d'élection fût très peu favorable au Parti.

Pareille stabilité conjuguée avec sa prépondérance assuraient au Parti communiste une position incomparable dans le système politique : il était le pivot autour duquel gravitaient les autres formations qui se déterminaient partiellement en fonction de lui. A gauche, il n'y avait pas de chance raisonnable de redevenir majoritaire et de reconquérir le pouvoir sans lui, et c'était principalement contre lui que la droite s'organisait et se mobilisait, l'anticommunisme étant le ciment des forces de droite divisées sur les autres sujets.

Or cette situation s'est renversée en un délai dont personne, pas même les plus hostiles au communisme, n'avait prévu la brièveté. Dès le premier tour de l'élection présidentielle en 1981, Georges Marchais, qui est candidat, perd environ cinq points : on impute alors ce recul à la nature de l'élection, mais le Parti ne fait guère mieux aux élections législatives qui suivent : 16 % au lieu de 22 % en 1978. Il a perdu un bon quart de ses électeurs. Le Parti est en perte de vitesse et bien avant que le communisme ne s'affaiblisse à l'Est : le brejnévisme est alors en pleine expansion : la France a devancé le reste du monde. Cette rétraction se préparait sans doute dans l'ombre depuis quelque temps, mais les apparences étaient sauves. L'image désastreuse que les informations donnent de l'Union soviétique, les révélations sur le goulag, le contrecoup à retardement de l'étouffement du Printemps de Prague avaient lentement miné la confiance dans le communisme comme système. Cependant, au début de la décennie 70, le Parti communiste s'était ostensiblement démarqué de l'URSS, réprouvant publiquement l'intervention des troupes du pacte de Varsovie en Tchécoslovaquie en août 1968, condamnant les atteintes soviétiques aux droits de l'homme, témoignant sa sympathie aux dissidents. Le Parti avait paru se convertir à la démocratie pluraliste, retranchant de ses statuts la référence à la dictature du prolétariat. Il avait souscrit avec le Parti socialiste, en cours de rénovation sous l'impulsion de François Mitterrand, un pacte d'union, et négocié un programme qui attestait sa volonté de gouverner. Mais, pour des raisons qui restent aujourd'hui encore impénétrables, le Parti s'était soudain raidi; en 1977, il avait brisé l'Union de la gauche, réservant dès lors une bonne part de ses coups à ses alliés de la veille. Il s'était totalement réaligné sur Moscou, allant jusqu'à légitimer l'intervention armée de l'URSS en Afghanistan; on était revenu aux plus beaux jours de la guerre froide. La question demeure de la portée de l'évolution des années 1969-1977 : y eut-il alors une volonté sincère de changement et, si oui, pourquoi ne fut-elle pas poursuivie? Toujours est-il que ce revirement du Parti a déçu et éloigné une fraction de son électorat : le quittent ceux qui avaient parié sur sa rénovation et qui en désespèrent désormais. Ses dirigeants reproduisent imperturbablement un discours stéréotypé de plus en plus désaccordé des réalités et des aspirations. À l'encontre de l'orgueilleuse prétention à la scientificité de l'idéologie à laquelle il emprunte son analyse, le Parti est captif d'un système de pensée qui interpose un écran entre lui et la réalité. C'est ainsi que la direction communiste a été conduite à nier l'évidence en s'attachant à la thèse de la paupérisation absolue en pleine période de croissance. Plus les années passent et plus la distance grandit avec l'opinion. L'appareil, composé de fonctionnaires du parti devenus des professionnels, perd le contact avec la sensibilité populaire.

Depuis 1981, la glissade s'est accentuée, le recul tournant à la déroute. En 1981, le Parti conservait encore la confiance d'un électeur sur six : aujourd'hui, c'est un sur quatorze. André Lajoinie, candidat en 1988 à l'élection présidentielle, n'a pas retrouvé la moitié des électeurs de Georges Marchais sept ans plus tôt et, aux élections européennes de 1989, Philippe Herzog n'a pas réuni sur la liste qu'il conduisait plus de 6,8 % des suffrages. En une courte décennie, ce sont donc les deux tiers de son électorat qui ont abandonné le Parti. La rapidité de la débâcle fait un contraste saisissant avec la stabilité des trente-cinq années précédentes. En 1992, la débandade semble à peu près enrayée : sans doute s'arrête-t-elle au noyau dur de fidèles inconditionnels dont la foi a résisté à toutes les épreuves et qui mourront avec le Parti. Qui se rétablit aussi sur des positions protestataires, retrouvant ce que Georges Lavau a appelé sa « fonction tribunicienne », cherchant à canaliser le mécontentement de catégories sociales victimes des changements, inquiètes pour leur avenir, incertaines de leur orientation. L'avenir du Parti n'est guère prometteur, si l'on en croit ce que disent les sondages d'opinion sur la répartition par âges : le pourcentage des sympathies pour le communisme serait dans la génération des vingt et un à trente ans fort en deçà de la moyenne nationale. Chaque année, la mort emporterait plus de communistes que la montée de la jeune génération n'en amènerait : en d'autres termes, le Parti serait un cadre d'extinction. Mais les idéologies ne mourant jamais tout à fait, le Parti ne disparaîtra pas : il gardera des fidèles, mais il ne sera plus une force politique. Il subsistera comme vestige d'une grande histoire révolutionnaire et révolue.

C'est déjà chose faite : les autres forces ne comptent plus guère avec lui. Naguère, l'ensemble du système tournait autour de lui; aujourd'hui, plus personne ne recherche son alliance et n'est disposé à l'acheter chèrement; ce serait plus une hypothèque qu'un atout. Dans le passé, il a déjà été solitaire, plus souvent qu'associé; au temps de la guerre froide, son isolement était total; toutes les autres forces politiques sans exception étaient liguées contre lui. Mais il pesait lourd sur la vie politique. Aujourd'hui, il est isolé et il ne pèse plus.

Un autre changement souligne la nouveauté et la gravité de la situation : l'apparition de dissidences. Pendant toute son histoire, le Parti s'est toujours employé par tous les moyens, n'hésitant pas à recourir à la violence, à la diffamation, à briser dans l'œuf toute dissidence et à faire obstacle à la constitution d'une force concurrente qui le tourne sur sa gauche : on sait la guerre qu'il a menée sans trêve contre ceux qu'il appelait les hitléro-trotskistes. Aujourd'hui, une partie de ses cadres, des fonctionnaires du Parti, d'anciens ministres, des membres du comité central prennent des positions en rupture avec la direction, à l'intérieur ou à l'extérieur : les communistes critiques, les rénovateurs de toutes obédiences, les refondateurs foisonnent, sans que le Parti puisse s'y opposer. Aux élections du printemps 1992, des candidatures et des listes dissidentes ont fleuri un peu partout et ont obtenu des résultats estimables.

La rétraction du potentiel électoral communiste, ses divisions étalées au grand air, sa perte de crédibilité transforment en profondeur la vie politique. L'opinion échappe à la fascination qu'il a si longtemps exercée : c'est la fin d'une certaine hégémonie sur le monde de la pensée et de l'art, qui reposait sur un mélange de conformisme spontané et de terrorisme. Mais son dépérissement creuse un vide qui n'est pas comblé. Les autres partis ne récupèrent qu'une part très modeste des voix qu'il a perdues, les énergies qu'il a si longtemps suscitées et fourvoyées ne se redéploient pas au service d'autres causes. L'effacement du communisme, c'est aussi un recul du militantisme, un appauvrissement de l'engagement, une régression de la générosité, un déficit de la solidarité. Lui-même n'est plus en mesure de remplir aucune des deux fonctions qu'il a assumées pendant un demi-siècle dans la société française. La fonction critique? Ce n'est plus vers lui que se tournent les mécontents ni à lui que s'adressent maintenant tous ceux qui veulent crier leur désaccord; ils se reportent qui sur le Front national, qui sur les écologistes;

d'autres encore vont grossir le camp des abstentionnistes. L'autre fonction était intégratrice; en effet, par un paradoxe qui ne déconcertera que ceux qui ne soupçonnent pas les contradictions inhérentes à la vie des idéologies, ce parti, qui était internationaliste et qui travaillait à libérer l'humanité du carcan des nations, a puissamment contribué à intégrer la classe ouvrière dans la patrie française en même temps qu'à franciser les étrangers. Si la France connaît aujourd'hui un problème d'assimilation des immigrés, elle ne peut plus compter sur le Parti communiste pour concourir à sa solution.

La décrue du Parti socialiste

L'histoire du Parti socialiste dans les vingt-cinq dernières années fait un contraste presque complet avec celle du Parti communiste. Celle-ci s'exprimerait graphiquement par un très long palier suivi depuis dix ans par une ligne descendante; la courbe socialiste est en dents de scie, plus accidentée et orientée, un temps, en sens contraire.

Au terme d'une lente consomption sous la IVe et dans les dix premières années de la Ve, la SFIO semble toucher le fond en 1969 : son candidat, Gaston Defferre, obtient à l'élection présidentielle tout juste 5 %, quatre fois moins que Jacques Duclos. Il y a alors tout lieu de croire sa dernière heure arrivée : elle va rejoindre le vieux Parti radical au musée des formations qui ont fait leur temps et ne survivent plus qu'à l'état de vestiges.

Or son histoire a pris depuis un cours tout différent. Sous une dénomination modifiée – Parti socialiste – qui manifeste une volonté de renouvellement, sous l'impulsion de son premier secrétaire, François Mitterrand, sur des orientations radicales – refus de toute entente avec la droite, Union de la gauche fondée sur une alliance avec le Parti communiste –, et un programme qui tend à une rupture irréversible avec le capitalisme, le socialisme amorce une des remontées les plus extraordinaires de l'histoire politique, qui l'a conduit en dix ans à la conquête de la présidence de la République, et à une majorité absolue à l'Assemblée nationale, avec un taux record (38 % des suffrages exprimés) qui n'avait été atteint qu'en une circonstance : par l'UDR en juin 1968. Le Parti socialiste succédait au parti gaulliste dans la position de parti dominant autour duquel s'ordonne tout le système des alliances et des oppositions.

Depuis cet apogée, son histoire est celle de la plupart des partis qui occupent longtemps le pouvoir : une lente érosion, effet quasi mécanique de l'usure du temps et du décalage entre les espérances initiales et les déconvenues de chaque jour. Mais ce phénomène a revêtu pour le socialisme des aspects originaux et entraîné des conséquences peut-être plus redoutables au regard de sa spécificité. Par nature et par tradition, l'idéologie, ou l'idéalisme, tient dans les motivations des adhérents une place importante, qui se fortifie dans l'opposition et s'étiole avec l'exercice des responsabilités. La SFIO en avait fait la douloureuse expérience par deux fois : en 1936-37, où l'échec partiel du gouvernement de Front populaire avait laissé une frustration, et derechef sous la IVe République, au temps du gouvernement dirigé par son secrétaire général en 1956-57. C'est principalement de la pratique du compromis permanent avec ses partenaires et avec les contraintes de la gestion que le Parti avait souffert. Aussi s'était-il reconstitué en 1971 sur le rejet du « national-mollettisme », le refus de toute participation à des gouvernements qu'il ne dirigerait pas et la condamnation de la social-démocratie. Or trois années de gouvernement ont entraîné l'abandon de tous ces thèmes mobilisateurs : en 1984, il n'était plus question d'union à gauche puisque le Parti communiste suspendait sa participation et virait à l'opposition, dirigeant désormais ses coups contre le Parti socialiste, ni de rupture avec le capitalisme puisque le gouvernement avait l'ambition de réconcilier les Français avec l'entreprise, encourageait l'initiative, célébrait le profit. Pas question non plus d'offrir aux militants des compensations symboliques sur le terrain de la laïcité : la puissante démonstration des défenseurs de l'enseignement catholique obligeait le gouvernement à ajourner *sine die* le projet de grand service unifié et laïque de l'enseignement. Ce retournement ne désarmait pas la défiance de l'opposition qui se refusait à croire à la sincérité de sa conversion et troublait le militant. Pierre Mauroy, premier secrétaire du Parti, en faisait l'aveu au séminaire de réflexion organisé par la direction, le 20 septembre 1990, et en proposait une explication plausible :

« Ce sont les bases mêmes de notre socialisme qui se sont affaissées, après que le monde s'est transformé, parce que le communisme s'est effondré, parce que, nous aussi, nous avons effectué des choix dans le cadre de notre " gestion de la démocratie "... Le socialisme a rompu certaines amarres. »

Façon de reconnaître que le parti est à la dérive, faute de repères idéologiques. Or si d'autres partis peuvent se passer sans trop de dommages de références doctrinales, cette pénurie laisse les militants socialistes mal à l'aise. En l'absence d'un grand projet, les ambitions individuelles se donnent carrière, et les courants, qui se définissaient par rapport à des objectifs, se dégradent en écuries pour les candidats à la présidence : le congrès de Rennes en a été le cruel révélateur.

À ce point de sa trajectoire, le Parti hésite entre deux directions. Ou revenir aux sources, retrouver ses origines et ses convictions premières en choisissant d'être dans l'opposition; c'est l'inclination d'une aile gauche doctrinaire qui dénonce les coupables complaisances de la direction pour le marché et l'atlantisme. Ou prendre son parti sans regret de la mutation et devenir une formation semblable aux partis sociaux-démocrates des autres grandes démocraties occidentales. Cette première alternative interfère avec une seconde qui porte sur le choix des partenaires, puisque le parti ne peut plus raisonnablement espérer retrouver seul la majorité absolue. La formule de l'union à gauche n'a plus ni sens ni avenir depuis l'effondrement du Parti communiste; les 7 à 8 % de suffrages communistes, s'ils peuvent dans une élection locale concourir au succès d'un candidat socialiste, joints aux quelque 20 % sur lesquels le Parti socialiste peut tabler dans la meilleure des hypothèses, sont impuissants à atteindre une majorité, quel que soit le mode de scrutin. La tactique comme la conviction d'une convergence sur les objectifs suggèrent à certains, même s'ils ne peuvent le dire à haute voix, de tenter une ouverture en direction des centristes, par-delà les radicaux de gauche et France unie. Michel Rocard a pratiqué cette stratégie en mineur, par intermittences, dans les limites étroites que tolérait le chef de l'État. Ce serait renouer, en dépit de la différence des temps et des situations, avec le projet de Gaston Defferre en 1964 d'une grande fédération qui aurait englobé les radicaux et les républicains populaires, et, plus anciennement encore, avec les velléités en 1944-45 de jeter les bases d'un rassemblement travailliste qui aurait réconcilié socialistes et démocrates d'inspiration chrétienne. Dilemme déchirant, au sens littéral car le choix de l'ouverture aurait pour conséquence inévitable la dissidence d'une fraction de la gauche. Pour différer un choix aussi dramatique ou éviter de passer alliance avec d'autres partis de gouvernement qui étaient des adversaires, les responsables explorent en direction des forces nouvelles et font aux écologistes des avances qu'à ce jour ceux-ci dédaignent.

Stagnation et division des droites

Une autre nouveauté, que les dernières consultations ont brusquement mise en pleine lumière, est que les droites – qu'on appellera ou « classiques », pour marquer qu'elles se rattachent à des traditions reconnues, ou modérées, si on entend souligner ce qui les différencie dans leur programme et leur comportement des oppositions extrêmes, ou encore « de gouvernement », pour insister sur leur expérience et leur sens des responsabilités –, ne sont pas dans une situation tellement meilleure que les deux gauches. Elles ne tirent pas bénéfice du recul de celles-ci. Telle est la nouveauté principale : dans le système, dominé trente années, entre 1958 et 1988, par la bipolarisation, la relation entre droite et gauche, majorité et opposition, fonctionnait à l'instar du principe de la thermodynamique : rien ne se perd, rien ne se crée, tout se transforme. Tout était échangé : la droite récupérait les transfuges de la gauche, à moins que ce ne fût la gauche qui se grossît des déserteurs de la droite. C'est ainsi qu'ont été acquis tous les résultats de la dernière décennie : en 1981, François Mitterrand ne l'a emporté sur le président sortant que grâce à l'appoint des mécontents du giscardisme désireux de sanctionner le président pour avoir trahi de Gaulle en 1969 ou trop libéralisé la société ; en sens inverse, la droite a pris sa revanche en 1986 grâce aux déçus du socialisme, et, en 1988, François Mitterrand a dû sa victoire au reflux de ceux qui escomptaient qu'il pratiquât une politique d'ouverture. Mais il semble que les choses ne se passent plus ainsi. Pas plus que le Parti socialiste n'a récupéré ceux qui quittaient le Parti communiste, la droite ne recueille ceux qui s'éloignent du socialisme. Le total des suffrages UDF et RPR ne s'est pas accru d'un point : il plafonne légèrement autour de 40 %. Et, pour les sympathies, la droite accuse même une régression : en octobre 1984, 43 % des Français interrogés se disaient proches d'elle, contre 41 % qui confessaient en être éloignés ; en décembre 1991, les premiers n'étaient plus que 33 % et les seconds montaient à 61 %. Pas plus que les socialistes, les droites modérées, même unies dans l'Union pour la France, ne peuvent, à elles seules, prétendre à la majorité absolue des suffrages, sauf à attendre du scrutin majoritaire une forte surreprésentation en sièges.

On est donc en présence d'un phénomène qui n'est pas lié à telle ou telle formation, mais qui les dépasse toutes et dont la cause comme la signification transcendent la polarisation droite-gauche. L'électeur se détourne de l'une et de l'autre : le Parti socialiste est plus durement touché par la désaffection parce qu'il subit de plein fouet la disgrâce qui frappe le parti au pouvoir. Mais la droite n'est guère moins embarrassée pour se donner un programme : elle aussi est à court d'idées. Si elle sait fort bien ce à quoi elle s'oppose – la socialisation –, elle est démunie quand il lui faut formuler des propositions : son patrimoine idéologique est épuisé. Au lendemain de l'arrivée des socialistes au gouvernement, en 1981, elle avait pensé tenir un fil conducteur en prenant systématiquement le contre-pied du programme socialiste. Le gouvernement nationalisait-il ? La droite se prononçait contre toute nationalisation et, revenue aux affaires, elle privatiserait. Par réaction et s'inspirant des politiques faites en Grande-Bretagne et aux États-Unis, elle s'est rassemblée sous la bannière du libéralisme. La cohabitation lui fit vite toucher les limites de son projet. Depuis, elle s'évertue à élaborer une plate-forme, et ses cadres ont tenu une série de colloques sur divers sujets pour dessiner les grandes lignes d'un programme de gouvernement.

La droite bute alors sur une autre difficulté qui résulte de sa propre diversité : pas plus que la gauche, elle n'est homogène. La droite fédère plusieurs familles de pensée dont chacune a sa vision propre, son histoire, et dont aucune n'est tentée de sacrifier son originalité : héritiers du gaullisme, adeptes des maximes libérales, épigones du radicalisme, postérité de la démocratie chrétienne, sans oublier quelques survivants de la pensée contre-révolutionnaire et une poignée de chouans. Entre ces composantes, les divergences sont considérables. C'est le leader du CDS, Pierre Méhaignerie, qui a dit : « Il y a moins de différences entre le centre gauche et le centre droit qu'entre, d'une part, la droite et le centre droit, et d'autre part, la gauche et le centre gauche. »

De fait, qu'y-a-t-il de commun entre l'aile avancée des centristes et le Centre national des indépendants, bien déchu de sa splendeur d'antan et tombé entre les mains d'éléments très conservateurs?

Mais joue en sens contraire un raisonnement stratégique : unifiée, la droite ne serait-elle pas plus forte que dispersée ? N'aurait-elle pas plus de chances de redevenir la majorité ? Les leaders discernent une irritation de l'électorat potentiel contre les divisions et les querelles, et une aspiration à l'unité. La droite ne doit-elle pas ses échecs à des candidatures concurrentes ? En 1988 comme en 1981, les reports se sont mal faits d'un tour à l'autre. D'où le projet de primaires qui désigneraient le candidat unique appelé à porter les couleurs de l'ensemble des droites et que ses rivaux moins heureux s'engageraient à soutenir autrement que du bout des lèvres, comme Jacques Chirac en 1981 et Raymond Barre en 1988. À vrai dire, s'il est probable que les candidatures multiples découragent, rien ne prouve que la réduction à une seule soit plus efficace. Dans l'état présent des études et de nos connaissances, aucun spécialiste ne se croit autorisé à décider des deux stratégies, l'une qui se fonde sur l'unicité pour bénéficier de l'effet amplificateur, et l'autre qui mise sur la pluralité pour « ratisser large », laquelle est la plus fructueuse : ni pour la droite ni pour la gauche, les expériences ne permettent de trancher. Quant à l'unification des formations en un seul parti, c'est une chimère qui ne peut raisonnablement s'effectuer pour une raison simple mais décisive : aucune n'est disposée à se saborder. Tout au plus sont-elles prêtes à des accords tactiques, à des concessions sur les objectifs. Aussi, la droite balance-t-elle depuis une dizaine d'années entre l'affirmation par chaque composante de son originalité et un effort de regroupement qui a connu des succès inégaux.

Les droites n'ont probablement jamais été aussi près de fusionner que dans les mois qui suivirent la victoire socialiste en 1981 : elles ont alors combattu côte à côte les projets du gouvernement, présenté des candidatures communes aux élections, et même réussi à rédiger en commun la plate-forme pour les élections législatives de mars 1986. Ce programme portait la marque de la droite libérale : alors que le RPR était sans conteste la formation qui comptait le plus d'adhérents, qu'il était de loin la machine la mieux organisée et la plus disciplinée, au moment d'arrêter un programme, c'est la droite giscardienne qui a donné le ton et fait prévaloir ses points de vue : plus question d'opposer l'autorité de l'État impartial et défenseur de l'intérêt général aux égoïsmes de groupes, ni de lui confier la responsabilité d'orienter l'activité économique; les héritiers du gaullisme se ralliaient à la thèse du moins d'État. De même pour les institutions : l'observateur pouvait avoir le sentiment qu'on sacrifiait la fidélité à la pensée gaullienne à des considérations d'opportunité et à des calculs de tactique électorale. Le président proposait-il d'élargir le champ d'application de la procédure référendaire? Charles Pasqua, président du groupe sénatorial gaulliste, se déclarait contre et bloquait la révision. Le groupe gaulliste fut aussi un des plus acharnés à contester au chef de l'État un certain nombre de prérogatives par animosité contre le titulaire de la charge, au risque d'affaiblir l'institution dont Charles de Gaulle avait voulu qu'elle soit la clef de voûte des institutions. Les droites parvinrent ainsi sans trop de peine à gouverner ensemble près de deux années.

Un clivage reparut dès le soir de leur défaite à l'élection présidentielle en 1988 sur l'analyse de la situation et la stratégie à adopter en conséquence. Une partie de la droite, au CDS et chez quelques libéraux, estimait que 1988 n'était pas 1981 : en d'autres termes, les socialistes avaient changé, l'expérience leur ayant ouvert les yeux; il n'était donc pas contraire au bon sens de répondre à leurs avances éventuelles. L'autre partie de la droite avait une interprétation tout autre : les socialistes n'avaient rien appris ni rien oublié, ils étaient toujours ceux qui avaient voulu instaurer en 1981 un régime liberticide. Il n'y avait aucune raison d'abaisser sa garde. Si la droite avait perdu les élections, c'est parce qu'elle s'était relâchée de sa vigilance et de sa rigueur. C'était en combattant sans merci les socialistes que les électeurs lui reviendraient.

La politique d'ouverture pratiquée par Michel Rocard accentua les divergences et enfonça un coin dans l'opposition. Le désaccord eut, entre autres conséquences, la constitution d'un groupe centriste qui s'émancipa de la tutelle de l'UDF, sans rompre avec elle.

Mais ce n'est ni sur la stratégie, ni sur les institutions, ni sur la direction de l'économie que se brisa l'union des droites : ce fut sur l'Europe, à l'occasion de la révision constitutionnelle et plus encore sur le référendum, que l'union des droites vola en éclats. Le fait n'est pas nouveau : il y a presque quarante ans, l'Europe avait déjà semé la discorde dans les rangs de la droite à propos du projet de Communauté européenne de défense; les différentes composantes de la droite ont rejoué dans des termes presque inchangés la bataille de 1954. La controverse a éclairé d'une vive lumière les profondes

2 droites

divergences entre la droite libérale, acquise à la construction européenne, et la composante gaulliste qui professe un attachement absolu à la souveraineté nationale et rejette avec horreur tout acheminement vers un État fédéral. Plus la question de l'Europe prend d'importance dans le débat politique et plus il devient malaisé d'atteler au même char ces deux familles d'esprit.

La controverse a fait éclater au grand jour une autre discorde : à l'intérieur du RPR. L'UDF a manifesté, à quelques exceptions près, sa cohésion sur le « oui » à l'Europe et a fait campagne d'un seul cœur. La campagne a au contraire mis en évidence la coexistence au sein du RPR de deux courants assez profondément dissemblables. La chose avait déjà été perceptible au printemps 1988 : la défaite de Jacques Chirac avait affaibli son autorité personnelle sur le mouvement; s'était alors dessinée une tendance qui ne se résignait pas à la dilution du gaullisme dans un conglomérat des droites. Telle était la signification de la candidature de Philippe Séguin à la présidence du groupe parlementaire gaulliste de l'Assemblée nationale : il n'avait alors manqué à l'ancien ministre du Travail et des Affaires sociales qu'une voix pour l'emporter. Quelques mois plus tard, son rapprochement avec Charles Pasqua n'avait surpris que ceux qui avaient oublié que le gaullisme comporte une variante autoritaire, nationale, populiste, passionnément attachée à la grandeur de la France; ce n'est pas un simple hasard si le chef de file de l'opposition à Maastricht s'est fait récemment l'historiographe de Napoléon III. La controverse a mis en évidence que cohabitaient au sein du RPR deux tendances assez dissemblables; l'une qui procède peut-être plus du pompidolisme, qui se prête à une entente avec la droite libérale et européenne, qui a fait campagne pour le « oui » derrière Édouard Balladur, et une autre qui s'inscrit dans le droit fil du gaullisme originel. Le désaccord s'étend à la politique économique et sociale : politique du franc fort contre dévaluation, relance contre rigueur. Gaullisme « libéral » et gaullisme « autoritaire », pour autant que ces épithètes les qualifient, n'ont pu coexister que dans l'opposition aux socialistes et n'ont pu sauver les apparences d'unité qu'en s'abstenant dans le débat capital sur la révision de la Constitution.

Les droites présentent ainsi un étonnant paradoxe en 1992. S'il est de plus en plus malaisé de distinguer ce qui sépare la droite de la gauche, en revanche l'évidence se fait jour d'une différence entre les deux droites qui ne s'est pas le moins du monde résorbée en un demi-siècle. Preuve de la pérennité des systèmes de pensée ? En tout cas, cette différence est pour la droite une hypothèque sur son avenir.

La résurgence de l'extrême droite

Si les droites n'ont tiré profit ni de l'effondrement du Parti communiste ni de l'érosion socialiste, c'est en partie parce qu'elles ont été elles-mêmes en butte à la concurrence d'une droite extrême qui a mordu sur leur clientèle. Dans l'hypothèse où leur serait revenue une fraction des électeurs qui les avaient quittées, sur la fin des années 70, pour le Parti socialiste, ce gain a été annulé par les pertes occasionnées par la montée du Front national.

L'émergence de ce mouvement est un des phénomènes qui ont le plus altéré le paysage habituel : depuis 1965, on avait pris le pli de penser qu'il n'y avait plus en France d'extrême droite, en dehors de quelques publications, et des fidèles de quelques écoles politiques. Le surgissement du Front national comme force avec laquelle il fallait désormais compter date précisément des élections européennes de juin 1984, les deuxièmes au suffrage universel : ce jour-là, la liste conduite par Jean-Marie Le Pen a dépassé les 10 % et fait presque jeu égal avec celle du Parti communiste. Situation inimaginable trois ans plus tôt. Le soir même, à la télévision, le représentant du Front national commentait le fait avec quelque humour; au porte-parole du Parti communiste, il dit : « Vous descendez, nous montons, nous nous croisons sur le palier. » Sur le moment, se souvenant d'un certain nombre de précédents, on a cru à un phénomène passager comme notre histoire politique en a compté plusieurs, et on a recouru aux images habituelles pour caractériser cette sorte de mouvements : un accès de fièvre, un feu de paille, un déjeuner de soleil, et de se référer au boulangisme, à l'agitation ligueuse au temps de l'affaire Dreyfus, ou encore au poujadisme, rapprochement qui s'imposait puisque le leader du Front national a fait son entrée en politique trente ans plus tôt, comme député élu sur une liste Union et Fraternité sous la bannière du papetier de Saint-Céré. On s'expliqua le succès par une poussée passagère de mécontentement, un mode de scrutin éminemment favorable à ce type de consultation, une élection où l'absence d'enjeu véritable invite l'électeur à donner un coup de semonce. On ne doutait guère que tout rentre bientôt dans l'ordre. Huit ans plus tard, ce jugement ne peut plus être maintenu : dans l'intervalle, le mouvement s'est comme induré dans le corps politique, incorporé au paysage, implanté sur tout le territoire. Pénétrant sur des terres qui ne lui étaient pas acquises et où il ne trouvait pas les connivences que lui préparaient la présence de nombreux rapatriés d'Afrique du Nord ou, à l'inverse, de fortes concentrations d'immigrés maghrébins. Si le Front national n'est pas partout aussi fort, il n'est absent d'aucune région. Il a progressé : à l'élection présidentielle de 1988, bien que ceux qui votaient pour lui fussent bien conscients qu'il n'avait aucune chance d'accéder au second tour et moins encore de devenir président de la République,

Jean-Marie Le Pen réunit 14,5 % des suffrages. Le mouvement s'est aussi structuré : il a maintenant ses cadres en propre et ses militants. Il n'a plus été obligé, pour les élections de 1992, d'aller quêter des candidats parmi des notabilités connues, transfuges d'autres partis, qui l'ont quitté après 1986 aussi vite qu'elles y étaient venues.

Quand on tente de rendre intelligible la progression foudroyante de cette tendance que l'on croyait à jamais disparue de l'horizon politique de la France, on l'impute ordinairement à la crainte qu'inspire l'immigration, dont Jean-Marie le Pen a effectivement fait son cheval de bataille : dénonciation de l'invasion étrangère tenue pour responsable du chômage, menace pour l'identité nationale, et proposition de la préférence nationale. Ce serait néanmoins une erreur de réduire le phénomène à cette seule dimension : pareil succès, comme naguère pour le Parti communiste, ne peut être que la résultante d'une convergence de motivations et d'une addition de clientèles. D'autres facteurs ont concouru à cette renaissance : en premier lieu, la persistance, masquée par des phénomènes plus apparents, d'une extrême droite qui n'accepte toujours pas la Révolution française et son héritage, la démocratie, la société moderne ; pour qui d'autre pourraient bien voter les fidèles de Mgr Lefèbvre et les lecteurs de *Présent* ? Cette famille se grossit des fidèles du maréchal Pétain, des nostalgiques de la Révolution nationale, des partisans de l'Algérie française, des ennemis de De Gaulle. Assurément, ces minorités, même additionnées, ne font pas 14 ou 15 % du peuple français. S'y ajoutent d'autres publics ; en particulier, avant que Philippe de Villiers ne prenne la tête d'une croisade pour les valeurs morales traditionnelles, militait en faveur du Front National la réaction d'ordre moral de tous ceux que choquaient le laxisme des mœurs, la tolérance de la publicité érotique, la faiblesse reprochée aux juges. Il y a surtout la grande inquiétude de beaucoup de Français pour l'avenir de leur pays devant le déferlement de l'immigration, les projets d'intégration dans un ensemble supranational, leurs interrogations sur le maintien de l'identité nationale et la suite de notre histoire. C'est de la convergence de ces sentiments, de ces craintes, de ces souvenirs qu'est faite la force du Front national. Ajoutons-y le talent oratoire de l'homme.

Cette force entend se situer en dehors de toutes les autres, dont elle se plaît à dénoncer les complicités. Écartée du pouvoir, dénonçant les autres droites, se définissant comme la seule vraie droite, elle est bien une droite extrême à condition de préciser cette qualification. Ce n'est pas un extrémisme analogue à celui qu'on a connu dans les années 30 : le Front national ne conteste pas, verbalement au moins, les principes de la démocratie : il s'en réclame et entend arriver au pouvoir porté par les élections. Ce n'est pas non plus un extrémisme de la violence comme ce fut le cas auparavant. C'est un extrémisme de la polémique, de la dénonciation, de la démagogie. La meilleure définition qu'on puisse en donner me semble être celle que je crois lui avoir été appliquée pour la première fois par Michel Winock : un national-populisme.

La percée de ce mouvement dont le leader se permet des propos provocants et des écarts de langage sur le génocide, faisant appel à des sentiments d'exclusion avec des relents de racisme, a fait que la France a été montrée du doigt par ses voisins et les Français stigmatisés pour leur nationalisme qui faisait tache dans une Europe dont on pouvait penser alors qu'elle en était guérie à jamais. Une fois de plus, les Français se singularisaient : cette persistance du nationalisme, n'était-ce pas encore un trait de leur exceptionnalité? Huit ans plus tard, le jugement est tempéré par la comparaison avec d'autres peuples. En Europe occidentale, le nationalisme est loin d'avoir disparu; il entretient des foyers de violence et de terrorisme au Pays basque espagnol, en Irlande. En Belgique, le nationalisme flamand a connu une poussée aux dernières élections. En Allemagne, la réunification suscite des réactions de rejet à l'ouest et à l'est des flambées de violence xénophobe. En Italie, le succès des Ligues dans le Nord se nourrit du mépris et de l'animosité contre le Mezzogiorno. Plus encore, la partie du continent européen libérée de la domination soviétique, où on assiste à une explosion de haines et de violences, montre que la nationalisme n'est malheureusement pas un fait anachronique. Si singularité française il y a dans le cas du Front national, ne serait-elle pas simplement dans son antériorité ? La France n'aurait fait, une fois de plus, que précéder un mouvement plus général et présenter les signes avant-coureurs des orages futurs.

Si, démentant les pronostics qui annonçaient en 1984 son reflux à court terme, le Front national s'est solidement enraciné, il paraît cependant marquer le pas : sa progression est arrêtée : bien qu'il ait présenté des candidats partout, la moyenne nationale de ses suffrages est légèrement en retrait sur le chiffre de voix qui s'étaient portées en 1988 sur le nom de son leader. Il n'a pu conquérir en tout et pour tout qu'un seul siège de conseiller général sur les 1 671 à pourvoir. Depuis le retour au scrutin majoritaire pour le renouvellement de l'Assemblée nationale, il n'avait plus qu'un siège (qu'il a perdu en mars 1993) : l'unique candidate élue sur son programme, dans le Var, l'a quitté, et il a récemment perdu à l'occasion d'une élection partielle la mairie de l'unique ville qu'il détenait, à Saint-Gilles-du-Gard.

Il y a peut-être plus inquiétant pour son avenir et plus décisif pour la configuration du système politique : l'isolement dans lequel il est confiné depuis les dernières élections. Certes, le Front national a toujours été en marge ; lui-même s'en faisait une règle : veillant à ne pas se compromettre avec d'autres, préservant jalousement sa singularité. Et les autres le lui rendaient bien. Ils devaient néanmoins compter avec lui et sa force propre était redoublée par la fascination qu'il exerçait sur l'ensemble. Il occupait une position symétrique de celle que le Parti communiste avait longtemps tenue à l'autre extrême. Toute la vie politique s'ordonnait en fonction de ses prises de position. La campagne pour les élections de mars 1992 a été dominée par la question des rapports avec le Front national : la droite s'allierait-elle avec lui avant les élections ou au lendemain pour la désignation du bureau? Édith Cresson, Premier ministre pour quelques semaines encore, n'avait-elle pas fixé à la gauche, comme axe presque unique de sa campagne, le combat contre le Front national? La dénonciation de la menace qu'il représentait dispensait de proposer un programme et d'avancer des solutions concrètes. Elle comblait le vide idéologique du Parti socialiste. La gauche soupçonnait la droite de faire le jeu du Front national et, plutôt que de faire cause commune avec les droites républicaines contre la force dont elle disait qu'elle mettait en péril la démocratie, elle retombait dans l'erreur funeste des années 30 de rejeter les électeurs de droite dans les ténèbres extérieures.

Quant à la droite, la montée du Front national lui posait un douloureux problème, symétrique de celui qu'avait connu le Parti socialiste avec le Parti communiste : s'associer à lui était compromettant et rejetterait vers la gauche des électeurs offusqués par le langage et les thèmes de Jean-Marie Le Pen; refuser toute entente avec lui, c'était pérenniser la présence des socialistes au pouvoir. Dans l'impossibilité pour les droites, du fait de l'amputation de leur électorat par l'attraction du Front national, de rassembler une majorité, pouvaient-elles se payer le luxe de dédaigner son appoint? Du reste, la démocratie n'exigeait-elle pas qu'on tienne compte des préoccupations de quelques millions d'électeurs qui étaient des citoyens comme les autres? De là les déclarations d'un Charles Pasqua sur les valeurs partagées avec les électeurs de Jean-Marie Le Pen. Au lendemain des élections de mars 1986, en plusieurs régions, la droite s'était assuré la présidence du conseil régional à la suite d'un accord avec les élus lepénistes auxquels elle avait concédé quelques places au bureau. Ce problème de tactique se doublait pour les plus scrupuleux d'un débat de conscience : même en admettant que la conservation des positions acquises dépendît d'un accord avec le Front national, la droite pouvait-elle sans trahir ses valeurs, après avoir justement reproché aux socialistes de s'être accouplés avec un parti qui soutenait un régime d'oppression et de tyrannie, s'acoquiner avec une formation soupçonnée de complaisance pour des thèses qui avaient conduit au massacre de millions d'êtres humains ? Un Michel Noir donnait à ce dilemme une formulation saisissante : plutôt perdre les élections que perdre son âme. Mais sa voix était relativement solitaire au sein même de sa propre formation : Jacques Chirac, peu suspect cependant de sympathie pour le Front national – il avait parlé d'alliance contre nature –, semonçait le maire de Lyon, et pour un Michel Noir, que de Michel Poniatowski plaidant pour la coalition de toutes les droites au nom du combat contre le socialisme !

Or les élections de mars 1992 ont renversé la situation et modifié les problématiques. Les droites ont pris le risque et le pari courageux de faire comme si le Front national n'existait pas et qu'elles n'aient pas besoin de lui. Partout leurs candidats tinrent la dragée haute à ceux du Front national, et quand, par exception, ici ou là, quelques-uns des siens crurent devoir négocier, ils furent désavoués et sanctionnés par la direction du RPR et des formations associées dans l'UDF. Faute d'accord, le Front national maintint partout ses candidats au second tour des élections cantonales, entraînant 26 quadrangulaires, 186 triangulaires, sans compter

63 duels l'opposant à des candidats de droite. Or le pari fut gagné haut la main : partout la droite conserva et même améliora ses positions sans appoint d'électeurs lepénistes. Dès lors, la droite, que la fascination du Front national et la crainte de sa surenchère tétanisaient, est comme désensorcelée : le charme est rompu ; elle échappe à l'attraction. Pourquoi faire des concessions puisqu'on peut gagner sans lui ? Comme le Parti socialiste n'a plus besoin de passer accord avec le Parti communiste, la droite modérée est affranchie de la nécessité de s'entendre avec la droite extrême. De ce fait, Jean-Marie Le Pen perd une part essentielle de ce qui faisait sa force : sa marge de jeu est rétrécie. Il continue certes à faire partie du paysage, mais réduit à ses seules forces. De surcroît, le mouvement lancé par Philippe de Villiers, « Combat pour les valeurs », qui reprend à son compte quelques-unes des préoccupations d'ordre moral qui attiraient des sympathies au Front national, allume un contre-feu et menace de lui ôter une fraction de son électorat.

Son engagement dans la bataille du référendum pour le « non » à Maastricht ne lui a pas davantage été profitable : il a été marginalisé par les grands leaders de la droite hostiles au traité qui ont totalement éclipsé Jean-Marie Le Pen et ramené à eux une partie de ses électeurs.

L'émergence des écologistes

L'autre fait tout récent qui a efficacement contribué à la décomposition du système des forces politiques est l'irruption dans le champ politique de l'écologie et la montée des mouvements dont elle est l'inspiration et la raison d'être. Événement imprévu et même imprévisible dont on pouvait penser qu'il ne se produirait pas en France. En effet, si l'émergence d'une extrême droite à connotation nationaliste s'inscrivait dans une tradition bien connue et avait des précédents, rien ne prédisposait la France à faire un large écho au mouvement écologiste qui mobilisait des foules dans les pays voisins. De fait, alors qu'au-delà des frontières les Verts constituaient une force politique avec laquelle les partis de gouvernement devaient compter, en dehors de quelques expressions en 1968, la France paraissait réfractaire à ce type de préoccupations et de discours, et il semblait tout à fait improbable que les écologistes puissent jamais constituer une force indépendante et de poids. Pour rendre compte de cette indifférence, les explications ne manquaient pas. Les unes faisaient référence à la situation politique : les écologistes ne bénéficiaient pas en France du concours de données qui contribuaient à leur succès outre-Rhin : la division de l'Allemagne, sa position en première ligne qui l'exposait à être le champ de bataille de la prochaine guerre sans qu'elle ait son mot à dire, en l'absence d'une force de dissuasion, sa dépendance de l'étranger pour sa propre sécurité. La France, elle, était protégée d'une invasion par le glacis allemand, elle disposait de sa propre force de dissuasion; de Gaulle lui avait restitué sa souveraineté en matière de défense; la stratégie articulée sur le nucléaire avait peu à peu rallié toutes les nuances d'opinion et le consensus la mettait à l'abri des critiques. Paradoxalement, les seules manifestations antinucléaires organisées en France n'avaient pas été dirigées contre les installations nucléaires militaires; il n'y avait jamais eu de marche analogue à celles de Grande-Bretagne ou d'Italie contre la base de sous-marins à l'Île Longue ou sur le plateau d'Albion, ni contre le poste de commandement de Taverny. Les écologistes avaient préféré s'en prendre au nucléaire civil, contre les centrales qui produisaient de l'énergie pour les besoins de l'industrie ou de la consommation; or l'opinion dans sa majorité avait approuvé un programme qui soustrayait la France à la dépendance de l'étranger pour l'énergie. Il n'y avait aucune réaction de rejet comparable à celle qui, en Autriche, en Suisse, en Suède, en Allemagne, avait conduit à ralentir ou même à suspendre la construction de centrales nucléaires. Les Français se félicitaient de la réalisation d'un programme qui portait à 75 % la proportion d'électricité d'origine nucléaire. Cependant la catastrophe de Tchernobyl avait commencé de jeter le doute et de fissurer le consensus.

D'autres données objectives concouraient à expliquer le peu d'écho rencontré par les thèmes écologiques : l'étendue du territoire national, le plus vaste d'Europe en dehors de la Russie, sa faible densité, à peine supérieure à cent au kilomètre carré, une urbanisation moins concentrée qui réduisait les risques visibles de pollution. Peut-être jouaient aussi des considérations plus métaphysiques et des différences de sensibilité nationale : la relation des Français avec la nature n'est pas la même que celle des Allemands et des peuples du Nord : ces pays professent une véritable religion de l'arbre, ils aiment la forêt qui est pour le paysan français l'adversaire contre la progression de laquelle il lutte depuis des siècles en défrichant, en aménageant des clairières. Pour le génie français, la nature qu'il aime, c'est une nature transformée par la main de l'homme, une nature humanisée qui porte le reflet de son activité industrieuse.

Ce beau discours n'est plus de saison, et ces explications ont été rendues caduques par la récente poussée des écologistes qui ont enfin trouvé une audience et des électeurs : aux dernières élections, les écologistes qui se réclamaient de l'un ou l'autre mouvement ont obtenu entre 10 et 15 % des suffrages : autant que le Front national, et plus que le Parti communiste; assez pour être un concurrent redoutable, un adversaire inquiétant, un partenaire recherché. Pour rendre compte à son tour de cette percée soudaine, les explications ne manquent pas plus qu'hier pour son inexistence. Il y a, bien visible, une préoccupation sincère pour la santé des individus, un intérêt pour la protection de la nature et la beauté du paysage, les répercussions de l'accident de Tchernobyl qui a réveillé de vieilles craintes anesthésiées, les inquiétudes qui naissent de la divulgation d'informations sur le déchirement de la couche d'ozone, le réchauffement de la planète, l'effet de serre et, plus généralement, sur les conséquences pernicieuses du progrès de la science et des techniques. Au positif, le sentiment nouveau d'un devoir à l'égard de nos descendants, et d'une responsabilité de l'homme et des gouvernements envers les ressources naturelles qu'ils gaspillaient inconsidérément. S'y adjoignent toutes les réactions de défense locale contre les grands projets d'aménagement; hier la centrale de Plogoff, aujourd'hui le tracé du TGV à travers la Drôme et le Vaucluse, la construction d'une autoroute pour relier Boulogne à la région parisienne, l'agrandissement d'aéroports aux dépens de terres labourables et de la tranquillité des populations voisines. Le succès de l'écologie est fait pour partie de la multiplicité de ces revendications particulières et de la conjonction de mouvements de défense. S'y ajoute enfin une composante plus directement politique, qui est le rejet de la politique telle qu'elle est faite par les gouvernements, ou telle qu'on croit qu'elle est faite. Le vote écologique est un vote protestataire comme fut le vote communiste et comme l'est le vote Front national : il draine les mécontents.

Cette diversité des motivations est pour quelque chose dans les divisions du mouvement, qui reflètent la distinction entre deux sortes d'écologie. Les Verts d'Antoine Waechter et Génération-Écologie derrière Brice Lalonde ne se séparent pas seulement sur des analyses différentes de la situation et des choix de stratégie, les uns récusant par principe les alliances et inclinant vers l'isolement; les autres, plus tacticiens, et qui ne veulent pas faire le jeu du Front national. Le divorce a des racines plus profondes et révèle des différences plus subtiles. Génération-Écologie inscrit ses préoccupations propres dans une vision plus large qui les relativise et croit à la possibilité de réaliser des améliorations substantielles par la voie de réformes successives. Les Verts seraient plutôt des intégristes de l'écologie, qui devient un absolu à quoi tout doit être ordonné.

N'y a-t-il pas, sous jacente à la vision d'une partie des Verts, une philosophie de la nature qui prend le contre-pied de l'aventure prométhéenne par laquelle l'homme a transformé le monde, et qui entend rejeter aussi bien le productivisme marxiste que l'industrialisme du capitalisme libéral? En réaction contre l'esprit du siècle pour qui la nature n'était qu'une réserve où puiser à pleines mains, et qui se fixait comme objectifs le développement, la croissance, cette écologie inverse la relation : ce n'est pas la nature qui est faite pour l'homme, c'est l'homme qui doit la respecter et en observer les lois. Cette école nourrit une nostalgie inavouée de l'état de nature : que la nature était belle avant que l'homme vienne la souiller!

Cette dualité profonde est mère de l'ambivalence politique du mouvement écologique : si la majorité des adhérents incline plutôt vers la gauche, il y aussi, comme dans le mouvement de 1968, des virtualités rétrogrades, qui prolongent la condamnation de la société d'abondance et la dénonciation de la planification. Primitivisme contre modernisme. Que le corps électoral français compte aujourd'hui deux fois plus d'électeurs de sensibilité écologique que d'électeurs communistes est le signe d'une mutation profonde : après quarante années de culte de la production et de la croissance, quel renversement! Cette ambiguïté des motivations profondes des sympathisants du mouvement n'est pas le moindre sujet d'incertitude sur ce que sera demain le système des forces politiques.

Le succès du mouvement, l'engouement d'une fraction des générations les plus jeunes pour ses revendications et ses mots d'ordre sont le symptôme d'un autre phénomène préoccupant : l'effacement d'une vision globale de la politique. La chose est encore plus frappante et presque caricaturale dans le succès du mouvement qui s'intitule « Chasse, pêche, nature et traditions », qui est pourtant à certains égards l'antithèse de l'écologie : il s'est constitué en 1988 pour protester contre l'application d'une directive de Bruxelles interdisant la chasse à la palombe. De ce sursaut de chasseurs est né un mouvement qui a présenté des candidats aux élections européennes et obtenu près de 5 % de voix : qu'un citoyen sur vingt soit tenté, au moment d'exprimer ses vues politiques, de donner son bulletin de vote à un défenseur de la chasse, quelle méconnaissance du sens de la politique ! Les partis de gouvernement entre lesquels se distribuaient naguère les suffrages avaient en commun de concevoir la politique comme une action d'ensemble dont tous les chapitres étaient solidaires. Le succès de ces mouvements est le triomphe de vues partielles, parcellaires, bien incapables de proposer des réponses pertinentes à la plupart des grands problèmes qui pointent dans le champ politique : l'écologie peut-elle sérieusement devenir l'axe d'une politique comme le libéralisme ou le socialisme ? Sans méconnaître la sincérité des motifs qui conduisent 10 ou 15 % de nos concitoyens à placer leur confiance dans ces mouvements, ni contester la nécessité et la légitimité d'une politique de l'environnement et de protection de la nature, leur succès n'est-il pas un signe de régression de la culture politique ?

III
CRISE DU POLITIQUE ?

L'affirmation s'impose aujourd'hui comme une évidence, à force d'être proclamée à son de trompe par tous les médias, que la politique provoquerait une réaction de rejet de la part des Français. La démocratie reposant sur l'adhésion et la participation de tous, la désaffection pour la chose publique, si elle se confirmait, serait un indice des plus alarmants.

Tout concourt en effet présentement à donner le sentiment d'une crise profonde de la politique : tous s'y réfèrent comme à une donnée qu'il ne serait même plus nécessaire de démontrer. Sans préjuger encore de sa pertinence, qui résultera d'un examen sans *a priori*, enregistrons cet état d'esprit : peu importe, ou presque, qu'il soit conforme à la réalité ou non, grossi ou exact, puisque, en politique, on le sait, ce qui est tenu pour vrai est aussi déterminant que ce qui l'est effectivement ; au reste, s'il ne l'est pas, il ne tardera pas à le devenir, tant est grand le pouvoir des représentations et la vérité ne triomphe pas toujours de la rumeur. Pour l'heure, prenons acte de cette croyance et recensons les composantes d'un sentiment qui s'étale partout. Le moment viendra ensuite de passer chacune d'entre elles au crible d'une analyse critique.

Une convergence de signaux inquiétants

En démocratie, l'indicateur le plus fiable du degré de confiance dans les institutions et les hommes politiques comme de l'intérêt pour la politique est assurément le taux de la participation aux consultations électorales. C'est la principale occasion offerte à tout citoyen de prendre part à la politique. En outre, dès lors que le vote est libre de toute pression, et si le dépouillement échappe à la fraude, les consultations fournissent un ensemble de données parfaitement objectives, dont l'interprétation ne laisse pas de place à la subjectivité. Ce sont les seules qui ne prêtent pas à plusieurs lectures, et leur expression chiffrée achève de leur conférer un air de scientificité. En France, la relation individuelle à la politique passe principalement par le vote, peut-être parce que la France a été le premier grand peuple à faire l'expérience du suffrage universel; épisodiquement pendant la Révolution et à l'occasion des plébiscites impériaux, continûment depuis 1848. Un siècle et demi de pratique ininterrompue du suffrage semi-universel – puisqu'il faudra attendre 1944 pour que la moitié féminine de la Nation obtienne à son tour le droit de vote – a fait de l'exercice du suffrage comme une seconde nature du comportement civique.

De fait, à l'encontre de certains préjugés, la participation électorale est en France ordinairement élevée, nettement plus qu'en d'autres pays qui ont cependant une réputation parfois supérieure de civisme. Sous la Ve République, de ses débuts à 1988, la participation a même eu tendance à croître, atteignant pour les élections présidentielles des niveaux records, qui approchaient de 87 % – chiffre remarquable pour une consultation sur laquelle ne pèse aucune contrainte. Les consultations qui occupaient des positions plus basses dans l'échelle de participation ont eu tendance à s'aligner sur les plus hautes ou à s'en rapprocher. Bref, l'électeur français était de plus en plus participant, et l'abstentionnisme se raréfiait.

Or, depuis quatre ans, les chiffres trahissent un fléchissement de la participation : ils requièrent d'autant plus l'attention. La chute a commencé avec les élections législatives des 5 et 12 juin 1988 provoquées par la dissolution de l'Assemblée élue deux ans plus tôt et dont la majorité était de droite. Aux élections cantonales de l'automne, l'abstention est le fait de la moitié du corps électoral. Au référendum sur la Nouvelle-Calédonie, l'abstention culmine à 62,6 % : à peine plus d'un électeur sur trois s'est dérangé pour exprimer son point de vue sur l'accord conclu sous l'égide du Premier ministre. Aux élections municipales de mars 1989 – un type d'élections qui bénéficie ordinairement d'une large participation – l'abstention s'élève à 27 %; c'est un record absolu depuis octobre 1947. Aux élections européennes, le 18 juin 1989, plus d'un électeur sur deux reste chez lui. Si les Français boudent ainsi les urnes qui les attiraient auparavant, n'est-ce pas un signe qu'ils n'attachent plus grande importance au vote, parce qu'ils n'attendent plus grand-chose de la politique et des politiques?

De fait, les partis politiques n'ont pas bonne presse : peu de Français sont tentés de leur apporter leur concours. Si l'existence de formations solides, riches de nombreuses adhésions, animées par des militants dévoués et quadrillant le territoire est une condition pour une démocratie vivante, cette condition n'est pas remplie aujourd'hui : jamais elle ne l'a été moins. Tous les partis, à l'exception du Parti socialiste qui joue la transparence, gardent une grande discrétion sur leurs effectifs ou avancent des chiffres invérifiables, certainement très supérieurs à la réalité et datant probablement de plusieurs années : ainsi pour le Parti communiste, qui dissimule soigneusement l'ampleur de ses pertes. Il y a lieu de penser que toutes les formations politiques en additionnant leurs effectifs ne dépassent guère le demi-million d'adhérents, sur un corps électoral qui approche des quarante millions d'inscrits. Maurice Duverger, dans son livre pionnier sur *Les Partis politiques* (1951), introduisait une distinction entre les partis de masse et les autres, qui se fondait sur une différence d'ordre de grandeur : était qualifié parti de masse celui dont le rapport des adhérents aux électeurs était égal à 10 % au moins. A ce compte, aucun parti n'est plus parti de masse ; leurs électeurs se comptent par millions, et leur adhérents par dizaines de mille. Sans parler des petites formations qui survivent, végètent à coups d'expédient : on n'a pas oublié la mésaventure tragi-comique d'Olivier Stirn, réduit à louer des figurants pour garnir une salle. Même un parti comme le Parti socialiste, qui bénéficie de la rente de situation attachée au pouvoir et qui était hier encore le parti dominant, n'a plus beaucoup de militants : il a récemment organisé dans ses sections une consultation sur le texte de nouveaux statuts et d'un programme ; pour un effectif d'adhérents revendiqué d'environ cent mille, un peu moins de cinquante mille y ont pris part. Calculez le rapport aux millions de suffrages qui l'ont porté au pouvoir et lui avaient assuré une majorité à l'Assemblée.

Ce dépérissement est le signe de la disparition des militants. Si l'on décompte tous ceux qui détiennent un mandat électif, députés, sénateurs, députés européens, conseillers généraux ou régionaux, maires et adjoints, et que l'on y ajoute les membres des cabinets, on n'est pas éloigné du total des adhérents. Combien reste-t-il de simples citoyens qui n'aient pas, à un moment ou à un autre, fait partie du personnel politique ? Les partis sont tous plus ou moins devenus des partis de professionnels : le Parti communiste en meurt, son comité central ne compte, à une ou deux exceptions près, que des fonctionnaires rétribués par le Parti et qui n'ont pas les moyens de se reconvertir. Mais n'est-ce pas le lot de la plupart des formations politiques aujourd'hui, devant la fuite des militants?

La réduction des partis à la catégorie socio-professionnelle des politiques a des effets négatifs sur l'image du personnel politique en qui l'électeur risque de ne plus se reconnaître. En témoigne le succès de l'expression de « classe politique », même si celle-ci à l'origine ne doit rien à un jugement moral : elle a été forgée par les sociologues qui ont fait des hommes et des femmes dont le métier est la politique l'objet de leur observation scientifique. Mais l'audience qu'elle a trouvée dans le langage courant par l'intermédiaire des journalistes manifeste qu'un écart s'est creusé, ou accentué, entre la Nation et ceux qui font de la politique leur profession. N'est-ce pas d'une certaine façon la légitimation et l'actualisation de la distinction, polémique dans l'esprit de qui l'énonçait naguère, et dénoncée comme dangereuse pour la démocratie, entre pays légal et pays réel? Tel est bien le reproche implicite fait aux politiques et, pour reprendre une expression qui fit balle aux derniers jours de la IVe République sous la plume de Michel Debré, aux « princes qui nous gouvernent », de constituer un corps à part avec ses privilèges, ses immunités, ses préoccupations particulières, son langage à lui : la « langue de bois ». Si les citoyens ne se reconnaissent plus en ceux qu'ils sont censés avoir choisis pour les représenter et auxquels ils ont pour un temps délégué l'exercice de la souveraineté, la dissociation est mortelle pour la cohésion du corps social et la santé de la démocratie.

Le soupçon de constituer un monde à part, qui pèse sur les relations entre citoyens et politiques, n'est pas sans fondement. Il trouve notamment une justification et puise un argument dans un recrutement par trop homogène : la représentation nationale est aujourd'hui composée pour plus de moitié de membres de la fonction publique.

Pour des raisons qui ne doivent presque rien à la volonté politique. L'époque est révolue où le député pouvait mener de front une activité parlementaire et une profession libérale; à plus forte raison, comment concilier un engagement politique fort prenant avec un emploi salarié? Par la force des choses, la politique est devenue un métier à plein temps; c'est la justification des indemnités allouées pour ces fonctions et ces mandats. Mais elles ne garantissent pas l'avenir. Or l'avenir est dans ce métier particulièrement incertain, puisqu'il dépend de l'humeur des électeurs.

Si le député n'est pas réélu, l'avocat aura perdu sa clientèle, et le médecin sa pratique; quant au salarié, si par chance l'entreprise où il travaillait n'a pas disparu, il aura été remplacé. En revanche, le statut de la fonction publique, qui donne au fonctionnaire, par la procédure du détachement, l'assurance de retrouver son poste, présente pour l'intéressé et aussi pour son parti, dispensé de l'obligation morale de lui trouver une situation de remplacement, un avantage inappréciable. Voilà par quel enchaînement de raisons contingentes nos assemblées ont retrouvé sous la Ve République la proportion de fonctionnaires qui peuplaient les Chambres de la monarchie censitaire. S'il n'est pas indispensable, ni même souhaitable, que la représentation nationale reflète exactement la composition de la société civile ou de la population active – ce serait confondre deux acceptions différentes de la notion de « représentativité » –, il n'est pas bon non plus qu'elle s'en éloigne par trop. Un parlement n'a certes pas à être composé comme le Conseil économique et social, mais il n'est pas sain qu'il offre une image déformée de la réalité : la société ne s'y reconnaît plus et le travail parlementaire risque de souffrir d'une information trop indigente sur certains secteurs et leurs préoccupations. C'est certainement un des facteurs qui nourrissent le sentiment de la société civile de n'être ni entendue ni comprise de la classe politique.

La promptitude avec laquelle la notion de « société civile » a pénétré dans le vocabulaire politique est un autre signe qui ne trompe pas. Elle a obtenu sa reconnaissance quasi officielle au printemps 1988, lors de la formation du gouvernement de Michel Rocard où entrèrent ès qualité des représentants de la société civile : curieuse fortune d'une idée qui ne pouvait trouver sa place dans la conception traditionnelle des rapports entre politique et société. C'était, après un temps de surévaluation du politique dont on avait trop attendu qu'il transforme la condition des hommes et fasse leur bonheur, un acte d'humilité raisonnable des politiques, convenant que la politique n'est pas tout et qu'il y a d'autres dimensions de la réalité. Mais c'était aussi une concession au sentiment d'un divorce entre les politiques professionnels et les autres, et un moyen de compenser le discrédit ou la défaveur des partis par la popularité de personnalités venant d'ailleurs. Qui étaient donc ces représentants ? De hauts fonctionnaires auxquels on ne connaissait pas d'attaches politiques ou d'affiliation partisane trop marquée, des hommes et des femmes qui avaient réussi dans leur activité professionnelle, et qui brillaient par leurs compétences, ou encore des personnalités qui s'étaient signalées par leurs initiatives humanitaires et désintéressées : un Léon Schwartzenberg, même s'il ne resta ministre que quelques jours, un Bernard Kouchner, un Gillibert. Plus récemment l'étonnante place prise dans les compétitions électorales du Midi provençal par un Bernard Tapie est un autre signe de la défaveur des politiques de métier et de la fascination qu'exerce un homme qui a réussi ailleurs qu'en politique.

Pour les relations entre citoyens et politiques, il y a plus grave encore que le reproche d'être différents : le soupçon de corruption. C'est en France l'accusation la plus redoutable : l'électeur pardonne beaucoup de choses aux politiques; ceux-ci se relèvent rarement d'avoir été convaincus ou simplement soupçonnés de trafic d'influences et de malversations. Le reproche n'est pas nouveau : il a nourri la plupart des scandales qui ont éclaboussé les régimes précédents. Et le citoyen est de tout temps enclin à croire qu'on n'entre en politique que pour y faire fortune. Mais l'ampleur prise depuis quelques années par les « affaires », le retentissement que leur assure une médiatisation croissante de la vie politique, les implications entre le judiciaire et le politique, et, brochant sur le tout, la loi d'amnistie votée par les parlementaires ont gravement compromis la réputation des politiques et jeté par ricochet le discrédit sur la politique elle-même; un récent sondage apprenait que 41 % des Français tenaient la politique pour une activité peu honorable! Pour quelle autre activité peu professionnelle trouverait-on pareille proportion d'opinions défavorables? Voilà qui en dit long sur la désaffection et la défiance. Comment les citoyens seraient-ils portés à faire confiance aux politiques et à s'intéresser personnellement à la politique si tant d'entre eux tiennent cette activité pour moralement réprouvée? Le recul de la participation, le dépérissement des partis, le divorce entre société civile et classe politique et le fumet de corruption qui enveloppe la vie politique : ne sont-ce pas autant de symptômes d'une crise profonde et neuve du politique et de la démocratie?

Crise du politique ou de la société?

De ce diagnostic alarmant, quelle est la validité? On sait qu'il y a parfois de considérables écarts entre les situations objectives et l'image que s'en fait l'opinion. La crise est assurément dans les têtes : l'est-elle aussi dans les faits, encore que cette dichotomie n'ait pas grand sens en politique, puisque celle-ci se règle en partie sur les représentations.

La réponse s'inscrit dans un triangle dont les trois côtés sont dessinés par autant d'interrogations. Première question : cette crise n'affecte-t-elle que la politique? Si l'altération, indéniable, de la relation entre le citoyen et la politique n'était après tout qu'un aspect, voire un effet d'une crise plus vaste concernant la société tout entière? Les partis politiques, par exemple, ne sont pas les seules organisations que délaissent nos contemporains : les syndicats, après avoir un temps résisté à la désaffection au point de faire croire que s'opérait un transfert du militantisme à leur avantage, connaissent à leur tour une hémorragie d'effectifs et subissent de plein fouet les conséquences d'une réaction de défiance à l'égard de tous les appareils; le succès de ces phénomènes d'organisation spontanée et temporaire que sont les coordinations, dernier avatar de la réaction anti-institutionnelle de 1968, prouve que les salariés ne se jugent plus représentés par les grands syndicats. La crise de la représentation, qui est au cœur de la crise du politique, déborde donc du politique. Les politiques ont perdu leur prestige et leur crédit? Ils ne sont pas les seuls; d'autres professions se plaignent aussi de ne pas obtenir de leurs concitoyens l'estime et la considération auxquelles elles pensent que les services rendus à la collectivité leur donnent droit : magistrats, enseignants, infirmières, policiers, agents des services pénitentiaires, transporteurs routiers, agriculteurs...

Les explications de cette crise que traverserait la société – image au reste discutable car elle implique que ce ne serait qu'une épreuve passagère, une étape d'un processus appelé à déboucher sur un nouvel ordre – concernent aussi le politique. Certains pensent y voir l'utime aboutissement du mouvement engagé depuis deux cents ans pour affranchir l'individu de toute contrainte : le triomphe de l'individualisme et la faillite des systèmes débouchant sur l'« ère du vide » seraient la victoire de la démocratie, un peu comme pour Marcel Gauchet l'extinction des croyances religieuses serait, paradoxalement mais logiquement, le triomphe posthume du christianisme venu « désenchanter » le monde. D'autres s'inquiètent et se demandent si peut subsister une société dont les membres n'ont pas été habitués à subordonner leurs ambitions individuelles à sa conservation, à sacrifier aspirations et pulsions personnelles à des fins qui les dépassent.

Il n'y aurait plus de solidarités acceptées et revendiquées que celles de proximité entre ceux qui ont des intérêts communs : ces solidarités n'étant plus régulées par d'autres, plus hautes et plus générales, elles s'affirment au détriment du corps social, parfois même au mépris du droit. Elles peuvent couvrir des agissements répréhensibles, faire obstruction à l'application de la loi, dégénérer parfois en complicités. Ainsi, quand des agents qui assurent la maintenance des appareils de la sécurité aérienne sabotent délibérément les logiciels et que les pouvoirs publics envisagent des poursuites, au lieu de stigmatiser un comportement contraire à la tradition de respect de l'outil de travail qui fit la grandeur du mouvement ouvrier, les syndicats se solidarisent avec les coupables, exigent l'impunité et menacent de faire grève à leur tour.

Des esprits chagrins déplorent qu'il n'y ait plus de grand projet collectif capable de soulever l'enthousiasme et de galvaniser les énergies, comme la France en a connus dans le passé, avec l'idée de Revanche, l'épopée coloniale, la grandeur de l'Empire, la Résistance, ou, au lendemain de la Libération, la reconstruction et la modernisation. L'école n'enseignerait plus le civisme : à sa place les médias favoriseraient les égoïsmes, individuels ou collectifs. Naguère, les modèles proposés aux adolescents et à l'admiration de la Nation étaient de grands savants désintéressés, un

Pasteur s'inoculant un vaccin pour l'expérimenter sur lui-même, un radiologiste exerçant sa spécialité au péril de sa vie, quelque explorateur, l'officier qui se faisait tuer pour l'honneur et la patrie, le missionnaire quittant pour toujours son pays et les siens pour porter l'Évangile aux païens. Même s'il y avait quelque naïveté dans l'exaltation de ces figures de vitrail proposées à l'édification des foules, cela ne valait-il pas mieux que les personnages sur lesquels l'attention se concentre aujourd'hui? Des chanteurs, des présentateurs de variétés ou des sportifs, des entrepreneurs qui ont bâti un empire industriel et se sont enrichis avant d'investir dans l'audiovisuel et la production cinématographique. Encore ceux-ci ont-ils créé des emplois et de la richesse, mais que dire d'un Bernard Tapie dont le titre principal à l'attention est d'avoir racheté des entreprises en difficulté pour les revendre par appartements, après les avoir dégraissées, c'est-à-dire licencié une partie du personnel? Que le Parti socialiste en ait été réduit à faire de cet équarrisseur d'entreprises celui qui portait ses couleurs dans une compétition électorale, quel signe du discrédit des partis politiques et de la dégradation de l'esprit public!

Nous ne nous laisserons pas entraîner dans ce débat, qui déborde le champ de notre investigation sur la situation du politique dans la France d'aujourd'hui. Mais cet excursus était indispensable pour rappeler qu'en toute hypothèse, s'il y a crise du politique, elle ne peut être totalement dissociée d'une perspective plus globale, celle de la société avec laquelle la politique entretient, de par sa nature même, des relations des plus étroites.

Crise récente et phénomène récurrent

Les deux autres questions sont d'une nature différente : toutes deux se réfèrent à sa durée. Cette crise est-elle ancienne ou récente? De quand datent ses prémices et ses signes avant-coureurs? En outre, est-elle entièrement nouvelle ou y a-t-il eu dans un passé, proche ou lointain, des précédents qui en atténueraient la singularité et subsidiairement peut-être la gravité? L'appréciation de son importance est en effet suspendue en partie à cette mise en perspective dans la durée. Or à ces deux questions jumelles, l'investigation apporte des réponses presque contradictoires.

La crise dont les observateurs relèvent, complaisamment ou à regret, les symptômes, est très récente : en tout cas, son émergence dans la conscience collective ne remonte pas au-delà de quelques mois. L'affirmation peut surprendre, tant nous sommes habitués à ce qu'un événement chasse l'autre et efface le souvenir de la situation antérieure. Mais la lecture rétrospective de la presse est instructive à cet égard. Dans son numéro du 10 octobre 1989, il y a seulement trois ans, *Le Monde* publiait un important article de Jérôme Jaffré, le directeur politique de la Sofrés et l'un des meilleurs analystes de l'opinion, sur la situation du Parti socialiste sous un titre qui fait rêver aujourd'hui : « Les socialistes ont tout pour être heureux : le pouvoir et de bons sondages. » Certes, le Parti socialiste n'était pas toute la France, et on ne saurait inférer de ce bon bulletin de santé que l'ensemble du corps social se portait bien et était satisfait; néanmoins, ce rappel est une indication sur la tendance. Plus près encore, au premier semestre de 1991, le taux de satisfaction de l'opinion à l'égard des dirigeants, mesuré à travers les sondages, était exceptionnellement élevé.

Certes, la conjoncture géopolitique n'y était pas étrangère : la guerre du Golfe avait suscité autour du gouvernement, et surtout du président de la République qui avait pratiqué depuis le début de la crise une habile politique de communication, un élan de solidarité qui n'est pas inhabituel dans notre histoire : dans les épreuves où la France est engagée à l'extérieur, le peuple français obéit à un réflexe de cohésion nationale qui est le fait des vieilles nations. François Mitterrand a bénéficié du même phénomène que Mrs. Thatcher lors de la guerre des Malouines; l'opposition donnant l'exemple du civisme et faisant momentanément taire ses critiques. Mais, même si le fait ne concerne pas directement la politique intérieure, il faudra s'en souvenir au moment de formuler un jugement d'ensemble : c'est un indice de cohésion à opposer aux signes de désintégration que relèvent les pessimistes. Au plus fort de la crise, la proportion de Français qui approuvaient l'initiative du chef de l'État atteignit un taux exceptionnel avec quelque 80 %. La France fut alors le plus uni et le plus déterminé de tous les pays occidentaux, avec la Grande-Bretagne. La crise internationale terminée, après la fin des opérations, l'élan devait inévitablement retomber et l'unanimité se défaire. Auraient-ils, du reste, résisté à une guerre longue, qui se serait enlisée dans des opérations coûteuses?

Cependant, ce consensus des premiers mois de 1991 ne procédait pas exclusivement de la situation internationale : il reposait aussi sur des fondements plus politiques. La cote de popularité du Premier ministre, Michel Rocard, restait exceptionnellement élevée après plus de deux ans et demi à la tête du gouvernement, comme si l'usure du pouvoir qui érode d'ordinaire le capital de sympathies n'avait pas eu de prise sur lui. Il est vrai qu'il avait bénéficié d'une conjoncture économique particulièrement favorable avec une reprise de la croissance qui avait amené des rentrées fiscales inespérées, permettant des largesses insolites. Par un concours de raisons et de circonstances sur lesquelles nous reviendrons, cette situation s'est, en un temps très bref, renversée pour faire place à la morosité et à la désaffection que nous connaissons et qui imposent avec la force de l'évidence la conviction d'une crise du politique.

Avant de conclure à l'incorrigible versatilité de nos concitoyens, on fera bien de se souvenir que notre inventaire des symptômes de désaffection avait aussi relevé des indices plus anciens : dès l'été 1988, on enregistrait un progrès de l'abstention aux élections; quant à la défaveur des partis, elle n'avait pas attendu 1991. Le revirement du printemps 1991 a seulement libéré l'expression de potentialités antérieures et soudain rendu manifeste une évolution de l'esprit public.

Pour être récente, la crise qui frappe présentement la vie politique n'est pas absolument inédite. On est même tenté de dire que rien n'est plus banal : la critique de la politique, le discrédit du personnel parlementaire, la dénonciation des partis, autant de traits qui font depuis longtemps partie de notre culture politique; et la crise de confiance entre la politique telle qu'elle est pratiquée et le corps social est un phénomène récurrent. Tous les régimes ont connu des mouvements analogues : la IVe République y a succombé. Quel régime au monde a jamais joui de l'adhésion unanime et inaltérée de l'ensemble des sujets ou des citoyens, et pu se targuer indéfiniment de les satisfaire tous? Sauf évidemment si l'opinion n'a aucune possibilité de se former et de se formuler. Et encore! L'histoire toute récente de l'Europe de l'Est n'a-t-elle pas montré que même les moyens les plus perfectionnés de conditionnement, conjugués avec un usage systématique de la terreur, ne mettent aucun régime à l'abri de l'impopularité?

Au reste, n'est-il pas contraire à la nature du politique de créer de la satisfaction? Récapitulant la diversité entière d'une société, point de confluence de toutes les demandes, sommée d'arbitrer entre des revendications contradictoires, dont elle lèse inévitablement certaines, la politique est le lieu des divisions qu'elle réveille, quand elle n'en ajoute pas à celles qui existaient déjà. En outre, aucun régime ne répond entièrement à l'attente parce qu'il n'en est aucun qui fonctionne à la perfection : pourquoi exiger de la politique ce qu'on ne demande pas à d'autres types d'activités? Où ai-je lu que le rendement de toutes les formes d'énergie était fort décevant? Celui de la machine à vapeur qui a cependant été le vecteur de la première révolution industrielle ne dépasserait pas 15 %. De même dans les organisations sociales. Il n'y a pas de régime qui apporte une réponse parfaitement adéquate aux aspirations des individus comme aux problèmes objectifs. Pas plus la démocratie que n'importe quel autre. Mais il y en a où le décalage entre la demande et la réponse se perçoit plus nettement, et engendre de ce fait un sentiment de frustration plus prononcé. Sans reprendre une fois de plus la formule ressassée jusqu'à satiété de Churchill sur la démocratie, il est vrai qu'elle est plus exposée à décevoir : les oppositions de toute nature y ont beau jeu d'exploiter toute erreur de décision, tout retard dans l'intervention. La médiatisation croissante de la vie politique – par le canal de la télévision, la politique pénètre chaque jour dans tous les foyers – grossit à plaisir ce qui va mal, met en évidence les erreurs d'appréciation, les décisions erronées, attise le mécontentement, cultive le soupçon. Le constater n'est pas faire le procès des médias, c'est simplement relever une donnée de fait avec laquelle il faut compter. La conjonction de ces facteurs fragilise les gouvernements, ébranle par ricochet les institutions, et même la démocratie. L'histoire des IIIe et IVe Républiques illustre ce processus. Encore convient-il de relever une différence de grande importance entre la crise actuelle et celles qui ont éprouvé les précédents régimes : elle épargne généralement les institutions. Le fait est suffisamment exceptionnel pour être souligné.

Des chiffres critiqués

Si, de ces considérations générales sur la politique, nous revenons à nos indicateurs, que deviennent leurs enseignements, réintégrés dans la durée et passés au crible d'une critique plus rigoureuse que les impressions du moment?

Reprenons donc nos taux d'abstention aux dernières consultations : un type de données auquel on a bien raison d'attacher une grande attention, puisque ce sont les seules qui ne soient pas entachées de subjectivité. Il n'est pas question de contester la progression de l'abstention, mais l'appréciation de sa signification dépend pour partie de la nature de chaque consultation. Les études sur les élections ont bien mis en évidence qu'elles n'étaient pas interchangeables : chacune a sa spécificité, qu'elle tient de son enjeu. L'électeur a depuis longtemps su faire la différence entre une consultation dont l'enjeu lui semble décisif et une autre sans importance, et il conforme son comportement en conséquence. Au sommet de l'échelle, depuis que la révision constitutionnelle de 1962 lui a donné le droit d'élire le chef de l'État, l'élection présidentielle. Cette primauté s'est encore vérifiée pour la dernière en date : en mai 1988, la participation a atteint au premier tour 81,5 % et encore progressé au second, dépassant 84 %. Retenons ces chiffres qu'on est parfois tenté d'oublier quand on tire des progrès de l'abstention des conclusions catastrophiques : en 1988, près des cinq sixièmes du corps électoral ont fait acte politique pour départager François Mitterrand et Jacques Chirac. Nous tenons là un repère; il y a quatre ans, la régression de la participation n'avait donc pas commencé.

Elle n'a pas tardé : dès le mois suivant, les électeurs boudent les élections législatives : la participation est tombée à 67,5 %. Une chute de plus de quinze points. Que s'est-il passé pour qu'en si peu de temps se manifeste pareil fléchissement du civisme électoral? L'énigme se résoud ou change de nature quand on se rappelle que le fait n'est pas nouveau : par une bizarrerie qui n'a peut-être pas assez retenu l'attention et qui s'est reproduite depuis les débuts de la Ve République avec la régularité des phénomènes naturels, comme si une loi non écrite réglait les relations entre deux consultations qui se suivent de près, quand la première est une consultation à enjeu majeur entraînant une participation élevée, la seconde enregistre une montée en flèche de l'abstention. Cette loi n'a pas connu de dérogation en plus de trente ans. Elle s'est appliquée pour la première fois aux élections législatives de novembre 1958, au lendemain du référendum du 28 septembre dont l'enjeu était capital et où la participation s'était élevée à 85 %. Le phénomène s'est reproduit en 1962 pour les législatives organisées dans le sillage du référendum sur l'élection du président de la République au suffrage universel, et de nouveau en 1981, après l'élection de François Mitterrand, on avait observé un reflux massif de la participation aux élections à l'Assemblée nationale. Le fléchissement qui a inquiété en juin 1988 n'était donc que la quatrième édition de ce curieux phénomène. Est-ce le sentiment des électeurs d'avoir fait l'essentiel de leur devoir, qui retire à leurs yeux tout intérêt au choix des députés? Toujours est-il que la régularité du fait interdit de prêter une trop grande signification au recul de juin 1988.

Mais, si on me concède ce point, que dirai-je de la consultation qui a suivi, quatre mois plus tard, pour le renouvellement de la moitié des conseillers généraux? Dans certains cantons, situés cependant dans des régions qui ont une longue réputation de civisme, le vote s'est effondré : à Nancy, il est tombé à 34 %. En fait, les élections cantonales se situent régulièrement plutôt au bas de l'échelle des consultations pour le niveau de participation : est-ce à cause du renouvellement par moitié, qui en fait une variété d'élections partielles? Surtout, une analyse des écarts à la moyenne révèle de grandes différences d'un canton à l'autre; moins de région à région qu'entre les cantons ruraux, où la participation s'est maintenue à un taux d'environ 70 %, très satisfaisant pour ce type d'élections, et les cantons urbains où elle s'est effectivement effondrée. Que signifie pareille disparité des comportements sinon que, pour les électeurs ruraux, le choix d'un conseiller qui les représentera et les défendra au conseil général a un sens alors qu'il n'en a guère pour les habitants des villes? Le canton rural a une réalité concrète, une personnalité, une histoire; le canton urbain n'est qu'un découpage administratif dans le tissu de la ville et ne correspond à aucune réalité vécue. C'est à peine si l'électeur sait de quel canton il est et s'il connaît le nom de son conseiller général. Il n'est pas étonnant qu'à des conditions si dissemblables correspondent des taux de particication fort inégaux. Cette disparité devrait conduire les politiques à s'interroger sur le rôle du canton et la fonction de son élu, et peut-être à modifier le régime électoral pour adapter le mode de scrutin à cette dualité : s'il est parfaitement justifié de maintenir le scrutin uninominal pour les cantons ruraux qui ont besoin d'un médiateur individuel entre eux et l'administration, un scrutin de liste ne serait-il pas plus indiqué en ville? Allons plus loin : pour intéresser le citoyen à cette élection dont l'enjeu est considérable depuis qu'avec les lois de décentralisation ce n'est plus le préfet, représentant du pouvoir central, mais le président de l'assemblée départementale qui est l'exécutif du département, ne faudrait-il pas, s'inspirant de ce qui est maintenant la règle pour le pouvoir d'État, le faire élire directement par l'ensemble des électeurs du département? Comment le citoyen n'aurait-il pas présentement le sentiment d'être dépouillé de ses droits s'il doit attendre plusieurs jours pour savoir qui sortira des tractations entre conseillers? À plus forte raison, si c'est l'âge qui départage entre majorité et minorité; sans compter que cette règle incite parfois les partis à présenter des candidats dont le titre principal est précisément que leur grand âge permettra peut-être de conserver ou de conquérir la présidence de l'assemblée départementale. Si j'ai développé quelques aspects de ce type de consultations, c'est parce qu'ils montrent comment en politique les appréciations sont dépendantes d'une multiplicité de paramètres et que tout se tient, les comportements, les procédures, les enjeux.

La troisième consultation à avoir inquiété sur le civisme des Français mesuré à travers les élections était d'une nature bien différente : le référendum de ratification par le peuple français de l'accord conclu sous l'égide de Michel Rocard sur le statut de la Nouvelle-Calédonie entre représentants des deux communautés affrontées, Canaques et Caldoches : moins de 40 % des inscrits se dérangèrent pour donner leur avis sur un problème qui avait provoqué quelques semaines plus tôt des incidents dramatiques et mort d'hommes. L'indifférence du grand nombre suggère qu'on n'a pas perçu l'importance et la signification de l'approbation sollicitée. Était-ce un indice de démobilisation? Il y a eu un précédent en matière de référendum à faible participation : celui de 1972 sur l'admission dans la Communauté économique européenne de quatre nouveaux partenaires dont la Grande-Bretagne; près de 40 % d'abstentions et à l'époque on ne parlait pas de dépolitisation. Il est vrai que le Parti socialiste avait recommandé l'abstention. On expliqua alors cette faible participation par le sentiment des électeurs d'être conviés à une ratification de pure forme.

Ce type d'explication ne saurait rendre compte de la médiocre participation aux élections municipales en mars 1989 : 27 %, le plus fort taux d'abstention depuis la guerre pour une consultation qui entraîne d'ordinaire l'affluence la plus élevée dans les bureaux de vote avec les présidentielles. C'est le signe le moins contestable de dépolitisation.

Encore faut-il apprécier l'ensemble de ces données,

les chiffres ne prenant jamais leur signification plénière que mis en relation, par comparaison : plus de 72 % de votants, ce serait un chiffre inespéré dans la plupart des démocraties pluralistes : sait-on bien en France, où l'on vit parfois sur des réputations surfaites pour d'autres pays, qu'aux élections locales britanniques, il advient que la participation ne dépasse guère 25 % ? Aux États-Unis, même pour l'élection du président, élection capitale s'il en est, la proportion des électeurs qui y prennent part est rarement supérieure à la moitié, et le nombre d'électeurs qui ont négligé de se faire inscrire sur les listes est proche du nombre des électeurs recensés : on est loin de nos 84 % de 1988. Et, en Europe de l'Est, depuis l'effondrement des régimes communistes qui se targuaient d'une participation proche de 100 %, après quelques mois d'intense politisation les électeurs se sont vite désintéressés de la politique et beaucoup n'exercent guère les prérogatives de la liberté retrouvée : en Pologne, aux élections d'octobre 1991, l'abstention a tourné autour de 60 %. Une semaine après le référendum français sur le traité d'Union européenne, les Suisses ont été appelés à se prononcer sur deux problèmes d'une grande importance pour l'avenir de la confédération : la participation a été de 43,4 %, et les commentateurs ont jugé que c'était un taux honorable. Pourquoi ce qui est honorable pour nos voisins serait-il un signe d'indignité pour les Français ? Ces comparaisons ne visent pas à idéaliser la pratique de la démocratie française : elles suggèrent seulement que la crise de la participation à la vie politique par l'exercice du suffrage, qui fut si longtemps le symbole et l'objectif suprême des aspirations à la démocratie, est universelle et affecte la plupart des sociétés.

Fermant le cycle de cette succession précipitée de consultations – dix dimanches électoraux en un peu plus d'une année –, les élections pour le renouvellement de l'Assemblée de Strasbourg en juin 1989 ont, elles aussi, enregistré un fléchissement de la participation par rapport aux deux premières au suffrage universel, en 1979 et 1984, qui était déjà à un niveau fort bas. La chose peut d'autant plus étonner, et peut-être inquiéter, qu'entre 1984 et 1989 le progrès de la construction européenne, l'extension des compétences des institutions communes, comme le grief souvent formulé d'une insuffisance de contrôle démocratique sur les décisions de la Communauté auraient dû logiquement mobiliser davantage l'électeur devenu plus conscient de l'importance de l'enjeu. Mais, précisément, quelles occasions a-t-il de prendre conscience de la portée des décisions européennes pour lui-même et son pays ? Rien n'est fait pour éveiller et moins encore entretenir l'attention sur les travaux de l'Assemblée de Strasbourg dont les médias ne rendent jamais compte, pas plus que des arrêts de la Cour de justice européenne ?

La surabondance des consultations a-t-elle eu quelque part à la désaffection de l'électeur, leur accumulation produisant comme un effet de saturation ? Certains le présument, mais le contraire peut être soutenu avec une égale vraisemblance. Le hasard du calendrier électoral, qui est réglé par l'inégale durée des mandats des différentes assemblées, a fait qu'à la suite de cette rafale de consultations il n'y en eut plus aucune d'importance nationale pendant près de trois années, de juin 1989 à mars 1992 : est-ce une idée tout à fait folle que de croire qu'une aussi longue absence de toute occasion pour le corps politique de s'exprimer, de se défouler éventuellement, a pu dans une certaine mesure engendrer la morosité et, en supprimant la possibilité pour les mécontents de le faire savoir, susciter des formes d'expression moins régulières et nourrir la crise politique ? Le recours à l'élection est un régulateur efficace des passions et des tensions : la France en a souvent fait l'expérience dans ses crises, en dernier lieu en 1968.

En soumettant ainsi les indications que nous livrent les chiffres de participation à une critique qui les relativise, on aura compris que je ne contestais pas les signes d'une certaine désaffection à l'égard de cet acte majeur de la vie politique en démocratie qu'est l'exercice par le citoyen de son droit de vote. Pas davantage n'ai-je l'intention de faire de l'électeur français un modèle de civisme. Simplement, j'entends montrer qu'à eux seuls les chiffres de l'abstention où certains croient découvrir la preuve irréfutable de la dépolitisation des Français demandent à être interprétés et qu'ils n'autorisent pas à conclure à un rejet catégorique des formes régulières de la vie politique. Pas plus du reste que la stabilité de la participation à des niveaux qui paraîtraient par comparaison relativement élevés ne permettrait de conclure à une adhésion raisonnée et convaincue au système politique.

Mais à quoi bon prolonger davantage cette argumentation puisque les électeurs eux-mêmes ont tranché en 1992 à l'occasion des plus récentes consultations? On pouvait attendre des élections législatives de mars 1993 qu'elles soient l'épreuve de vérité. La décision du président de soumettre à un référendum la ratification du traité de Maastricht a inopinément apporté une réponse anticipée et autrement décisive. Déjà, une légère remontée de la participation pour le renouvellement des conseils régionaux avec le remplacement de la moitié des conseillers généraux, en mars 1992, avait été une indication non négligeable. Mais le taux de participation au référendum, légèrement supérieur à 70 %, et dépassant non seulement celui sur la Nouvelle Calédonie mais celui de 1972, a fait justice de l'idée de la désaffection des Français pour le suffrage : et encore une fraction des abstentions s'explique sans doute plus par l'embarras du choix que par l'indifférence. Que 70 % des citoyens aient pris position sur ce problème manifeste que, quand les Français perçoivent clairement que l'enjeu d'une consultation est important, et surtout si la décision est entre leurs mains, ils ne se désintéressent ni de la campagne ni de la consultation.

D'autres indices d'un intérêt qui ne faiblit pas

Si le taux de la participation effective aux consultations est assurément l'indicateur le plus sûr, le phénomène électoral s'accompagne de manifestations qui apportent d'autres indices qui, pour être plus sujets à discussion, ne sont pas moins significatifs. Ainsi, l'affluence dans les mairies pour se faire inscrire sur les listes électorales des citoyens trop jeunes pour avoir participé à des élections antérieures, ou de plus âgés qui avaient jusque-là négligé de le faire et se ravisent soudain, à l'approche d'une consultation dont ils découvrent l'importance. On avait enregistré autour d'un million d'électeurs supplémentaires pour les élections du 2 janvier 1956. Le fait s'est reproduit, à une moindre échelle, pour les récentes élections régionales et à la veille du référendum.

Les soirées électorales continuent de susciter un mouvement de curiosité, bien qu'elles aient beaucoup perdu de leur intérêt depuis que la précision des estimations atteintes par les instituts de sondage et annoncées dès 20 heures a supprimé presque tout suspense. Cependant, l'audience de ces émissions reste considérable; je ne crois pas me tromper en avançant le chiffre de 26 millions de spectateurs encore à 22 heures à l'émission sur Antenne 2 à laquelle je participais pour l'élection présidentielle de 1988. Or, à cette heure, ce n'était plus la curiosité du résultat, connu depuis 20 heures, qui les retenait, mais plutôt le désir d'en savoir davantage sur leur comportement collectif. Comment dire d'un peuple dont la moitié des citoyens s'intéresse ainsi à l'élection du chef de l'État, qu'il est dépolitisé? Plus récemment, pour la confrontation entre François Mitterrand et le principal adversaire du traité de Maastricht, Philippe Séguin, le 3 septembre 1992, 22 ou 23 millions de Français sont restés jusqu'à l'approche de minuit à regarder le débat : près des deux tiers du corps électoral. Dira-t-on encore que la politique n'intéresse plus ?

D'autres indices vont dans le même sens. Ainsi le succès du livre politique, qui est une singularité française. La rubrique livres politiques recouvre, il est vrai, des genres fort divers : à côté des savantes analyses des observateurs professionnels, des commentaires pénétrants des journalistes spécialisés, les écrits, qui se multiplient, des hommes politiques, rédigés par eux-mêmes ou confiés à quelque plume mercenaire ou bénévole. Il n'est plus guère concevable en France de faire une grande carrière politique si l'on ne joint pas aux capacités politiques une réputation d'écrivain. Aussi n'y-a-t-il pas un ministre en puissance, à plus forte raison un futur Premier ministre, qui ne couche ses pensées par écrit ou ne formule sa philosophie dans un ouvrage pour le grand public : à défaut, il recueille ses discours et ses allocutions de circonstance. En outre, a fleuri depuis une quinzaine d'années un genre inédit avec les ouvrages de politique-fiction qui anticipent sur l'événement, imaginent des scénarios et dont le ressort est la supputation des effets sur les institutions et les forces du succès ou de l'échec de tel candidat ou d'un renversement de majorité. Ce genre a fait son apparition à l'approche des élections législatives de mars 1978, dont on pouvait croire qu'elles réaliseraient, pour la première fois, l'éventualité, sans cesse attendue et toujours différée, d'une divergence entre président de la République et Assemblée. Depuis, le genre a prospéré et il connaît un regain à la veille de chaque consultation dont pourrait bien sortir une remise en question du jeu politique. À l'approche du référendum du 20 septembre 1992, tous les livres sur le traité de Maastricht et la construction européenne ont connu de forts tirages et de nombreuses réimpressions. Indice indéniable d'intérêt pour un grand débat politique.

L'audience des émissions de télévision qui touchent à la politique, en dehors des élections, en est un autre. Le succès de « Sept sur sept », qui a débuté fort modestement comme simple rappel commenté de l'actualité de la semaine écoulée, et qui est devenu une émission phare, est significatif : car, même si, de temps à autre, Anne Sinclair y invite une personnalité qui ne fait pas partie de la classe politique, l'intérêt principal de l'émission est bien d'ordre politique. Pareillement, « L'heure de vérité », qui a célébré récemment son dixième anniversaire sur Antenne 2 : la présence, une fois ou l'autre, d'un Jacques Calvet ou du cardinal Decourtray ne lui ôte pas son caractère d'émission politique. Or elle aussi a de bons indices d'écoute; un seul exemple : le 3 septembre 1991, l'invité pour la rentrée était le ministre des Affaires étrangères, Roland Dumas : l'émission a été suivie par environ quatre millions d'auditeurs. Plus d'un dixième des électeurs qui suivent une heure entière une conversation sur la politique étrangère de leur pays et sur les problèmes de relations internationales, est-ce négligeable? En combien d'autres pays y en aurait-il davantage? J'aurais plus d'hésitation à enrôler dans mon argumentation « Le bébête show », dont l'incontestable succès me semble plus ambigu : il mise moins sur le désir de s'informer que sur le goût pour la dérision et se rapproche des chansonniers de l'avant-guerre, dont je n'oserais affirmer qu'ils aient beaucoup contribué à l'éducation politique. Certes, ces faits ne touchent que des minorités, même si l'ordre de grandeur de certains se chiffre par millions. Mais où a-t-on vu que la politique intéressait constamment l'ensemble d'un peuple? Dans l'existence quotidienne, chacun a ses propres préoccupations, personnelles, familiales, une activité professionnelle, des soucis de santé, le désir de se divertir. Un citoyen épris du bien public, le démocrate convaincu qu'il n'est de démocratie vivante et digne que vivifiée par la participation consciente et résolue de tous, déplorera peut-être qu'il en soit ainsi et ne trouvera jamais que ses concitoyens accordent à la politique trop d'attention. Mais ce n'est pas une raison pour conclure à une crise sans précédent du politique. En tout cas, à s'en tenir aux indicateurs les plus objectifs et en raisonnant dans la durée, l'idée d'une régression ne s'impose pas comme une évidence.

Tous pourris? Une moralisation en marche

On aurait cependant tort de se rassurer trop vite. Il y a plus grave pour la santé du corps social, plus inquiétant pour l'avenir de la démocratie, que les intermittences de la participation : le discrédit qui frappe toute la classe politique, parlementaires, ministres, cabinets, appareils des partis, états-majors des formations. Il est toujours dangereux pour un régime que les citoyens doutent du sens moral de ceux auxquels ils ont confié le pouvoir, et plus encore de leur intégrité. Même si la réaction de rejet ne touche pas directement les institutions – c'est une grande différence avec les situations que la France a connues naguère –, celles-ci ne peuvent échapper indéfiniment aux retombées du mépris ou de la réprobation : il n'est pas possible de dissocier totalement le fonctionnement d'un régime du jugement sur les hommes qui détiennent le pouvoir.

Le fait n'est pas nouveau : il y a toujours eu en France un certain décalage entre gouvernants et gouvernés, par une tradition aussi ancienne que le régime représentatif, qui remonte aux assemblées révolutionnaires et qui s'est incorporée à notre culture politique. Les politiques ou, comme on dit plus souvent les « politiciens » – et l'expression s'est chargée au fil du temps d'une connotation péjorative bien significative –, ont rarement eu bonne réputation : on leur a toujours prêté des arrière-pensées intéressées, ils ont suscité quolibets et sarcasmes. Mais le rejet a pris depuis peu une ampleur insolite par un enchaînement d'initiatives et une accumulation peu commune de maladresses, dont il est éclairant pour l'intelligence des phénomènes d'opinion de démonter le mécanisme.

Les politiques sont les premiers responsables de cet état de choses : par leur précipitation à se saisir d'affaires où un adversaire est impliqué et à l'exploiter, dans l'illusion constamment déjouée par l'expérience et toujours renaissante, que l'opprobre jeté sur le camp d'en face profitera au sien. L'effet produit est tout autre : l'électeur en tire une conclusion contraire : au lieu de distinguer entre la grande masse des gens honnêtes et une poignée de coquins, il a tôt fait de croire que les politiques sont tous pourris. Si certains ne sont pas mis en cause, c'est qu'ils ont été plus malins ou que l'occasion de s'enrichir leur a fait défaut. Les partis sont complices pour se partager les bénéfices du pouvoir. Les attaques partisanes entretiennent un vieux fonds de présomptions et desservent indistinctement tous les partis de gouvernement : seules les oppositions systématiques et extrêmes en recueillent quelque avantage. Périodiquement, des scandales viennent réactiver ces sentiments qui ne s'effacent jamais tout à fait de la mémoire collective. La persistance de cet état d'esprit explique en partie la force de la réprobation actuelle.

Mais le rapprochement avec des situations antérieures – sur la fin de la IIIe République sous la IVe, les affaires de spéculation immobilière ou de la publicité clandestine, qui défrayèrent la chronique sous la présidence de Georges Pompidou, ou encore celles qui furent déterrées sur la fin du septennat giscardien –, s'il souligne utilement le caractère récurrent du phénomène, signale aussi que la crise actuelle prend naissance dans des comportements tout différents. Les politiques mis en cause, à quelques exceptions près, ne sont généralement pas accusés d'enrichissement personnel, ni suspectés de trafic d'influences, ce qui était le chef d'accusation classique : ils sont poursuivis pour des actes délictueux commis dans l'intérêt de leur parti. La chose est-elle plus ou moins grave que les comportements antérieurs? La réponse n'est pas évidente : l'honnêteté des personnes souffre moins et d'un point de vue strictement moral la faute paraît moins lourde, mais, en touchant les partis, les conséquences politiques sont infiniment plus sérieuses. On peut toujours se séparer d'un parlementaire qui a abusé de sa position à des fins personnelles – encore que quelques exemples récents aient montré que les partis répugnent à exclure même des camarades qui les déshonorent en vertu d'une fausse idée de la solidarité –, mais que faire si c'est tout un parti qui est pris la main dans le sac?

Et pourtant le discrédit qui frappe particulièrement le Parti socialiste n'est pas aussi justifié que l'opinion le pense : c'est un cas de distorsion entre la réalité des faits et des comportements, et leur représentation dans l'esprit public. Rien qu'à ce titre il mérite de retenir l'attention : il montre comment une succession d'erreurs aboutit à un véritable désastre. Il ne s'agit pas de disculper une formation politique des responsabilités qui sont les siennes, mais de comprendre par quel mécanisme le scandale est arrivé.

Il est étroitement lié au financement des partis et à l'attitude des Français à leur endroit. Car où sont les racines du mal qui a ruiné la confiance dans la moralité des hommes et des formations politiques? Dans l'indifférence des Français à l'égard des partis : s'ils sont attachés à leur pluralité où ils voient avec raison une caractéristique de la démocratie et une garantie des libertés publiques, ils ne sont guère disposés à en payer le prix.

La modicité des effectifs ne permet pas en temps ordinaire un financement régulier et normal des partis. Ceux-ci ont donc toujours été contraints de recourir à des sources occultes puisque les ressources avouables ne suffisaient point. Or, depuis une vingtaine d'années, les dépenses ont crû dans des proportions considérables : l'élection présidentielle a inauguré un style nouveau et plus onéreux de campagne ; l'utilisation de procédés liés à des techniques nouvelles, sondages d'opinion, Minitel, affichage, a entraîné une flambée des coûts. Le budget des dépenses des partis a enflé, dépassant quatre ou cinq fois le volume de leurs ressources régulières. Il en avait toujours été ainsi, mais le changement d'échelle a obligé les trésoriers de partis à mettre au point des techniques nouvelles pour se procurer des fonds : outre l'aide habituelle des municipalités amies qui mettaient à la disposition des candidats des moyens en hommes et en argent, la création de sociétés de services, de bureaux d'études facturant des contrats à des entreprises qui n'avaient pas de doute sur le destinataire de ces subventions déguisées et espéraient en contrepartie des commandes, des marchés rémunérateurs. La décentralisation, en transférant aux collectivités locales une part importante des compétences exercées jusque-là par la fonction publique nationale, a ouvert un vaste champ à l'action des élus et indirectement étendu les possibilités de transaction. Certaines sociétés sont prêtes à payer n'importe quel prix l'autorisation d'ouvrir une grande surface. Quelque surprenante que soit l'affirmation, c'est aussi pour introduire un minimum de moralité dans ces pratiques que les dirigeants socialistes ont organisé la récolte des fonds sur une base nationale ; ainsi, les individus seraient mieux défendus contre les tentations d'enrichissement personnel. C'est précisément cette organisation rationnelle sur une grande échelle qui a rendu le Parti socialiste si vulnérable, la moindre indiscrétion devant entraîner la divulgation de l'ensemble du système.

Le paradoxe en cette affaire est que l'opinion publique découvre ces trafics et s'en indigne au moment même où la classe politique a entrepris pour la première fois d'extirper le mal. Par deux fois, en effet, le Parlement a voté sur proposition de deux gouvernements, l'un de droite et l'autre de gauche, des propositions qui, si elles sont correctement appliquées, devraient progressivement mettre fin à ces pratiques.

Une première loi, votée au temps du gouvernement Chirac, n'ayant pas produit les effets escomptés, en partie faute de temps, en partie en l'absence de contrôles efficaces, deux nouveaux textes ont été adoptés sous le gouvernement Rocard. L'un plafonne les dépenses autorisées pour les campagnes électorales, interdit toute publicité politique dans les semaines qui précèdent la consultation, et impose une transparence des comptes des candidats et des partis soumis au contrôle d'une commission constituée à cette fin. Et un nouveau projet envisage des dispositions plus draconiennes encore. L'autre texte garantit aux partis des allocations sur fonds publics dont le montant est calculé proportionnellement à l'importance de leur représentation parlementaire : c'est ainsi la confiance des électeurs qui fixe indirectement le volume des subventions. Aussi y a-t-il quelque injustice à ce que l'opinion soit plus sévère que jamais pour les politiques et condamne leur immoralité au moment où, après avoir trop tardé à s'inspirer des exemples étrangers, le Législateur adopte enfin pour la première fois des dispositions qui ont pour objet de combattre efficacement la corruption et les expédients occultes que l'opinion avait si longtemps tolérés.

C'est aussi que cette initiative a été complètement occultée par une autre dont la concomitance a annulé les effets psychologiques positifs de la première. Les socialistes, qui craignaient de compromettantes révélations sur le financement du parti, ont cru habile de profiter de ce qu'on repartait sur de nouvelles bases pour effacer les infractions antérieures et éteindre les poursuites engagées. Le vote de l'amnistie, son application par la magistrature qui a abouti, contrairement aux intentions premières, à poursuivre les entreprises sans inquiéter les politiques, ont complètement brouillé les esprits. Qui, en dehors des spécialistes, sait que le financement des partis fera désormais l'objet d'une surveillance stricte? De l'effort de moralisation on n'a retenu que l'amnistie qui conforte les citoyens dans leur conviction que les politiques se soustraient à la loi commune. L'amnistie pour les affaires de fausses factures a été, sinon une faute morale caractérisée – à chacun d'en juger –, assurément une erreur politique dont les effets dévastateurs sont incommensurables. Par quelle aberration du jugement les socialistes n'en ont-ils pas pressenti les conséquences?

Ce n'est pas, il est vrai, la première fois qu'une majorité montre pareil aveuglement sur les réactions probables de l'opinion à une décision qui a son agrément. Ainsi, la loi électorale votée en vue des élections de 1951, qui autorisait les apparentements pour la répartition des sièges, était défendable dans son principe : les partis qui avaient, dans une conjoncture exceptionnellement difficile, assumé en commun la responsabilité du relèvement du pays, additionnaient les suffrages obtenus par leurs listes séparées et, si le total atteignait la majorité absolue, ils enlevaient tous les sièges de la circonscription. C'était le moyen d'éviter une Assemblée ingouvernable où les deux oppositions inconditionnelles, communiste et gaulliste, auraient disposé de la majorité dans une situation internationale menaçante. Mais, pour une opinion qui tenait encore le scrutin proportionnel pour le seul démocratique, les distorsions entre les suffrages et les sièges devaient nécessairement apparaître comme une combinaison malhonnête destinée à frustrer les oppositions de la représentation à laquelle elles avaient droit. Si la réforme produisit le résultat recherché par ses auteurs, elle laissa dans l'opinion l'impression d'une « magouille » et fit le plus grand tort au régime. La majorité du moment commit cinq ans plus tard une erreur analogue quand, après les élections du 2 janvier 1956, elle invalida une douzaine de députés élus sur des listes poujadistes pour un motif fondé juridiquement; la mesure n'en fut pas moins interprétée comme une manœuvre frauduleuse quand les invalidés furent remplacés par autant de candidats malheureux de ladite majorité. Ces comportements, s'ils n'étaient pas en contradiction flagrante avec la loi, ont grandement contribué au discrédit de la IVe République. L'amnistie pour les délits liés au financement des partis est une erreur du même type, mais dont les effets risquent d'être plus funestes encore. Elle a sa part dans le jugement, que nous avons rapporté, de 41 % de nos concitoyens convaincus que la politique est un métier malhonnête.

Et pourtant, à travers gouvernements et majorités successifs, s'est dessinée depuis une dizaine d'années une tendance à moraliser les conditions de la vie politique. On ne m'en voudra pas d'y insister car je la vois rarement soulignée, et les citoyens n'en ont de ce fait guère conscience. Cependant, les indices sont nombreux et ils débordent la seule relation entre l'argent et le pouvoir. Puisque, dans un régime démocratique, tous les pouvoirs sont répartis par l'élection, il est de la plus haute importance que le vote ne soit pas altéré par des pratiques frauduleuses. Or il était notoire que certaines municipalités ne reculaient pas devant toute sorte de subterfuges pour modifier le résultat du vote, notamment pendant le dépouillement. Depuis quelques années, les tribunaux administratifs, quand ils sont saisis de plaintes à ce sujet, ont répudié toute complaisance : non seulement ils annulent les élections dont le résultat s'est joué sur de faibles écarts, mais ils prennent des sanctions rigoureuses contre les maires qui se prêtent à ces falsifications. La même volonté de garantir la sincérité du scrutin a conduit à supprimer le vote par correspondance, à réglementer le vote par procuration et, à l'occasion de la réforme du statut de la Corse, à opérer une révision intégrale des listes électorales dans l'île, qui a entraîné la radiation de quelque 40 000 inscriptions fictives ou fautives, ramenant le total de 200 000 à 158 000.

Rien de ce qui touche à la représentation nationale n'est indifférent d'un point de vue moral. Pour prévenir la répétition des malencontreuses invalidations de 1956, la Constitution de 1958 a retiré à l'Assemblée l'examen de la validité des élections et l'a confié au Conseil constitutionnel, qui s'est acquitté de cette mission d'une façon qui n'a jamais suscité ni suspicion ni critiques.

Une autre pratique en matière électorale était un défi constant à la morale : les redécoupages de circonscriptions par le ministère de l'Intérieur, et pour des considérations où l'équité n'était pas la préoccupation déterminante. Le découpage rendu nécessaire en 1958 par le retour au scrutin dit d'arrondissement, qui redessina de fond en comble la carte des circonscriptions, fut généralement honnête : les circonscriptions comptèrent des effectifs approximativement égaux autour d'un point moyen. Mais, faute d'être retouché, ce découpage devint d'année en année plus injuste : les écarts s'amplifièrent jusqu'à créer des disparités choquantes. En 1986, quand la majorité revenue à droite décida de mettre fin à la brève expérience de proportionnelle, il parut impossible de remettre en vigueur le découpage de 1958. Le ministre de l'Intérieur, Charles Pasqua, eut alors l'initiative de soumettre le résultat du travail de son administration au jugement d'une petite commission d'experts réputés impartiaux, et les décisions finales tinrent largement compte de ses observations. Il sera difficile de revenir sur ce précédent qui périme définitivement les manipulations auxquelles tous les gouvernements recouraient depuis le second Empire, premier régime à pratiquer une géographie électorale autoritaire. L'initiative toute récente du Premier ministre, Pierre Bérégovoy, de demander à une commission composée d'experts et de représentants des partis politiques placée sous la présidence de Georges Vedel, dont la compétence et l'autorité morale sont unanimement respectées, de rechercher une formule de régime électoral qui satisfasse à toutes les exigences, s'inscrit dans la même ligne. Si les chances sont faibles que cette instance résolve la quadrature du cercle, l'initiative atteste un progrès de l'éthique dans le fonctionnement des institutions, et, en particulier, dans le secteur où il était le plus difficile de l'introduire car il commande l'accession au pouvoir qui est l'enjeu suprême de la politique, les procédures électorales. Ces diverses innovations sont comme autant de cliquets qui interdisent de revenir en arrière. La décennie 80 apparaîtra de ce fait comme une étape importante dans un processus de moralisation de la politique, comme la décennie précédente se signala par les mesures prises pour la transparence des actes administratifs et les garanties apportées aux citoyens contre l'arbitraire de l'administration. Aussi est-ce un étrange paradoxe que prévale au contraire dans l'esprit public le sentiment de la dégradation morale, au point de contraindre un gouvernement à énoncer la lutte contre la corruption en politique comme un objectif prioritaire. Mais est-ce la seule fois où réalité et image ont évolué en sens inverse?

IV
SOUS QUEL RÉGIME VIVONS-NOUS ?

Pour les institutions, cette dimension capitale de la politique, la singularité majeure des trois dernières décennies est dans leur permanence : en 1993, la Vᵉ République entre dans sa trente-sixième année. Ce simple constat chronologique est à lui seul un fait exceptionnel : ce qui serait banal pour d'autres peuples est pour la France insolite. La Vᵉ République est déjà à ce jour le seul des quelque quinze régimes qui se sont succédé en deux cents ans à rivaliser de longévité avec la IIIᵉ République ; certes, elle est encore loin de l'égaler : mais transposée sur la durée de celle-là, nous serions déjà en 1910. Le maléfice qui entraînait la disparition précoce de tous les régimes serait-il enfin conjuré ? L'absence de changement, voilà un changement majeur dans la relation des Français à la politique.

Or rien n'était moins assuré au départ : cette Constitution ne semblait pas plus vaccinée qu'une autre contre les maladies infantiles qui emportent les régimes dans leur adolescence. Les circonstances de sa naissance faisaient douter de son avenir. Les adversaires qui n'avaient pas consenti à valider la conséquence de ce qu'ils tenaient pour un attentat contre la légalité attendaient d'une justice immanente que le régime finisse comme il avait commencé, renversé par un mouvement de rue : Pierre Mendès France a sincèrement cru en mai 1968 que la prophétie allait s'accomplir. Même ceux qui se résignèrent à investir le général de Gaulle le 1er juin 1958, parce qu'ils n'avaient pas d'autre choix pour éviter la guerre civile, et qui cédèrent à son exigence de préparer un projet de Constitution, n'auraient pas parié cher sur son enracinement. Plus d'un ne faisait pas mystère de l'espoir que l'expédient ne durerait pas, escomptant que, la nouvelle Constitution n'étant pas prête le 30 septembre, le Parlement rentrerait de plein droit. Alors de deux choses l'une : ou de Gaulle réussirait à trouver une issue à la guerre d'Algérie et la France n'aurait plus besoin de lui, on le congédierait comme on avait fait quatre ans plus tôt pour P. Mendès France. Ou il échouerait et, la preuve étant faite qu'il n'était pas plus capable que n'importe quel président du Conseil de régler le problème, pourquoi le garder?

Sans nourrir d'aussi noirs desseins, la plupart de ceux qui avaient accepté le changement sans réticence et s'étaient prononcés pour le « oui » à la Constitution gaullienne étaient persuadés qu'elle ne lui survivrait pas, tout au moins dans l'interprétation que de Gaulle en avait imposée : elle portait trop visiblement la marque de son exceptionnelle personnalité. Taillée pour lui, elle serait trop ample pour ses successeurs : ni le personnel politique ni le corps social ne supporteraient la prédominance écrasante de la fonction présidentielle. Dès que de Gaulle se serait éloigné, le système se rapprocherait de la pratique de la IVe République qui répondait mieux à la vraie nature de la politique en France. Cette conviction était par exemple celle d'un esprit aussi avisé que Guy Mollet, persuadé que la fonction promise à un grand avenir n'était pas celle de président, mais de Premier ministre. L'opposition de gauche était bien résolue, dès que les électeurs l'auraient ramenée au pouvoir, à retrancher de cette

Constitution toutes les dispositions qui s'écartaient de la tradition de prépondérance parlementaire que le combat contre l'Empire et contre Vichy, et un siècle de république, avaient totalement identifiée à la démocratie. Encore en 1972, trois ans après que de Gaulle eut quitté définitivement le pouvoir, le Programme commun de gouvernement souscrit par les socialistes, les communistes et les radicaux de gauche comportait un important chapitre institutionnel dont l'adoption aurait ramené la pratique à celle de la IVe République à peine rénovée.

Or non seulement, vingt ans plus tard, nous vivons toujours sous l'empire du texte proposé par le général de Gaulle, mais – fait plus surprenant – l'interprétation qu'il en a donnée s'est maintenue. On murmure même que ses successeurs ont tous travaillé à accroître encore les prérogatives de la fonction présidentielle et à étendre son champ d'intervention.

La Constitution de 1958 a surmonté l'une après l'autre toutes les épreuves qui l'ont assaillie; elles ne lui ont pourtant pas été épargnées plus qu'à ses devancières. La première fut celle à laquelle on s'attendait qu'elle succombât : le départ de son fondateur. Il y eut ensuite, en 1974, l'accession à la tête de l'État du chef de file d'une autre composante de la majorité. Sept ans plus tard, l'épreuve qui de toutes aurait dû être la plus redoutable, l'arrivée à la fonction capitale de l'adversaire le plus constant, qui avait dès le premier jour combattu le régime, appelé à voter contre la Constitution et contre sa révision, qui avait été le compétiteur du général et lui avait infligé en 1965 l'humiliation d'un ballottage, et représentant d'une tradition politique contraire. Or François Mitterrand, qui avait eu un des premiers l'intuition que la chance pour la gauche de revenir au pouvoir passait par l'élection de l'un des siens à la présidence, accepta la fonction avec toutes ses prérogatives. Ce n'était pas la première fois qu'un adversaire des institutions devenait leur gardien : Jules Grévy avait été élu à une fonction dont il avait combattu en 1848 l'instauration, et René Coty aussi avait pris position contre la Constitution de la IVe République. Mais, à la différence de Jules Grévy qui s'était fait un point d'honneur d'affaiblir la fonction, François Mitterrand s'inscrivit dans la tradition de ses prédécesseurs. La Constitution a encore triomphé de deux autres conjonctures délicates qui éprouvèrent sa capacité d'adaptation : la coexistence d'un président et d'une Assemblée, tenant l'un et l'autre leur origine du corps électoral à des moments décalés, mais d'orientation contraire. Il y eut enfin l'absence à l'Assemblée d'une majorité absolue, mais le gouvernement trouva dans la panoplie des armes à sa disposition de quoi surmonter cette difficulté.

La capacité de la Constitution à s'adapter à des situations inédites a joué un rôle décisif dans le ralliement progressif de la plupart des tendances politiques. L'alternance, qui fut l'occasion pour les contempteurs du système de découvrir à l'usage ses avantages, n'a pas eu une moindre part à l'instauration d'un consensus presque général sur les institutions, qui est le deuxième changement majeur dans le rapport entre les Français et le régime. Les deux changements sont liés : avec le temps, la stabilité du régime a habitué les esprits à la nouveauté du dispositif; ce qui leur semblait en 1958 anomalie est devenu la règle; en retour, l'adhésion du grand nombre a conforté les institutions.

A cet égard, la crise politique que l'on diagnostique actuellement et que nous avons évoquée présente avec les crises antérieures une différence d'importance : elle épargne les institutions. Le fait est assez exceptionnel pour être signalé. Jusqu'à la Ve République, chaque fois que les choses allaient mal, que les citoyens étaient mécontents, c'est aux institutions qu'on en imputait la responsabilité et on attendait d'un changement de régime le remède aux maux qui affligeaient la société. Telle est une des clefs de l'histoire mouvementée de nos expériences constitutionnelles. Rien de tel aujourd'hui : on ne tient pas les institutions pour responsables et ceux qui réclament un changement de régime ne sont qu'une poignée. Hasardons à ce sujet une hypothèse : l'extinction de la controverse sur les institutions ne serait-elle pas cause indirecte de la virulence des critiques adressées aux hommes politiques? Naguère, on s'en prenait au régime, on faisait le procès de la Constitution; ainsi fit-on en 1958 comme en 1940. Si les institutions ne sont plus coupables, la responsabilité retombe sur les hommes. Au temps de la IVe République, on dénonçait les mauvaises institutions, mais on rendait hommage aux gouvernants victimes du système : aujourd'hui, on reprocherait plutôt aux hommes de ne pas tirer un meilleur parti des pouvoirs dont ils ont la chance de disposer.

La Ve République bénéficie ainsi d'une adhésion qui a été refusée à tous les autres régimes : c'était un trait constant de notre histoire et une singularité du comportement politique des Français, comparé à celui des autres peuples démocratiques, que la contestation radicale de la règle constitutionnelle par des oppositions dont l'addition faisait parfois une majorité de rencontre : l'une reprochant au régime d'aller trop loin dans l'application des principes démocratiques et l'autre lui faisant grief au contraire de sa timidité à en tirer toutes les conséquences. La disparition des opposants inconditionnels à la Ve République, triomphe posthume du fondateur, manifeste une mutation de la relation du peuple français avec ses institutions.

S'il faut rendre raison d'un changement aussi fondamental, les explications abondent, des plus désabusées aux plus flatteuses pour l'amour-propre national : toutes détiennent probablement une parcelle de vérité. Les pessimistes l'attribueront à une réaction de lassitude découragée après tant d'expériences décevantes dont aucune n'a eu les résultats escomptés et à une sorte de résignation à accepter le dernier état de choses, somme toute, comme certains n'ont adhéré à l'idée européenne après 1945 que pour mettre un terme aux guerres qui déchiraient le continent depuis des siècles. Les optimistes y verront plutôt le fruit de l'expérience et l'acquis d'une réflexion qui a su enfin reconnaître la finalité de tout texte constitutionnel : règle du jeu, référence en cas de litige, moyen d'assurer le respect de la légalité. L'adhésion réfléchie serait la preuve que le peuple français a accédé à la sagesse en matière d'institutions. À mi-chemin de ces points de vue opposés, j'incline à lire dans ce grand changement la résultante de deux évolutions qui peuvent paraître passablement contradictoires mais dont les effets se sont renforcés mutuellement dans l'esprit du citoyen français.

Une réévaluation positive du facteur institutionnel d'abord. L'affirmation a de quoi surprendre quiconque sait que longtemps les Français se sont précisément divisés sur le régime : n'était-ce pas l'indice qu'ils en faisaient grand cas? Certes, et néanmoins dans le dernier demi-siècle – sous l'effet de théories, le marxisme essentiellement qui, à partir d'une distinction essentielle entre une infrastructure censée regrouper les seules réalités effectives et une superstructure, dont les institutions faisaient partie, et qui était dans une relation de complète dépendance par rapport à celle-là, professaient que le droit n'était que la transcription notariée d'un rapport de forces momentané –, l'attention s'était détournée des débats constitutionnels : à juste titre, s'ils n'étaient qu'un reflet. À vrai dire, c'est toute expression juridique qui était frappée d'une proscription systématique : l'ensemble des sciences sociales, histoire, sociologie, concourait à opposer les données réputées seules réelles au nominalisme et à l'idéalisme du droit : tout l'intérêt se portait en conséquence sur l'analyse des forces sociales et, subsidiairement, sur le jeu des partis supposés être leur traduction dans le champ du pouvoir dit politique. Toute discussion sur les institutions était logiquement tenue pour controverse académique sans portée pratique, sans le moindre effet sur le cours de l'histoire.

Pour diverses raisons, nous sommes aujourd'hui bien revenus de cette déconsidération du droit et de la sous-estimation du facteur institutionnel. L'expérience nous a ouvert les yeux. Nous savons que les institutions ne se situent pas seulement à l'extrémité de la chaîne causale : elles peuvent aussi enclencher des processus. Le choix entre elles n'est pas indifférent : il est gros de conséquences qui ne se valent pas toutes. Ainsi savons-nous par exemple qu'il y a une relation directe entre les modes de scrutin et le système des partis : peu importe qu'on préfère le principe majoritaire ou la représentation proportionnelle, mais on ne peut plus ignorer que l'option retenue aura des incidences sur la constitution des majorités. De leur expérience récente les Français ont retenu que la Constitution de la IVe République avait engendré l'instabilité ministérielle et ils lui imputent la responsabilité de la faiblesse des gouvernements. *A contrario*, ils savent gré à celle de la Ve République de leur avoir apporté la stabilité. Ces appréciations sont partiellement injustes : la IVe République ne mérite pas la sévérité dont elle est l'objet : son bilan est plus positif que sa réputation, et, si elle a échoué sur certains points, la faute n'en incombe pas toute à sa Constitution. À l'inverse, la stabilité de la Ve n'est pas aussi effective qu'il paraît et elle ne s'explique pas uniquement par sa Constitution. Mais, pour la question qui retient notre attention, l'important est que l'opinion le croie et établisse une relation de cause à effet entre l'organisation des pouvoirs par la Constitution et les caractères de la vie politique. Cette conviction explique le regain d'intérêt pour les institutions.

Si les Français sont mieux informés sur cette dimension de la politique, ils le doivent aussi aux grands médias qui assurent à certaines dispositions de la Constitution une résonance qui est une donnée neuve. J'ai pu le vérifier personnellement par les questions qui me sont souvent posées au hasard des rencontres, à une station-service, chez des commerçants, dans les moyens de transport : il n'est pas rare qu'on me demande si le gouvernement recourra à l'article 49, alinéa 3, ou si les élections à venir se dérouleront avec un autre mode de scrutin. Toutes questions dont je doute fort qu'elles eussent été posées sous la IIIe République et dont l'énoncé à lui seul atteste que les Français connaissent mieux leurs institutions et qu'ils ont retrouvé pour elles un peu de l'intérêt que leur accordaient leurs grands-pères.

Mais – et c'est une deuxième modification de leur attitude à leur endroit – ils s'y intéressent autrement : ni pour les mêmes raisons ni de la même façon. Pour nos aïeux, le choix d'un régime était un choix métaphysique qui ne découlait pas de considérations pratiques : il engageait des valeurs supérieures et impliquait des philosophies différentes. La république n'était pas seulement une forme d'organisation des pouvoirs publics; c'était aussi, et surtout, une certaine conception des rapports du citoyen à la Nation, une philosophie sociale; comme l'attachement à la royauté allait bien au-delà de l'institution monarchique mais impliquait un ensemble de sentiments et de croyances. C'est pourquoi les débats sur le régime prenaient le tour d'une guerre de religions : entre fidèles des régimes déchus et adeptes de la république, il ne pouvait y avoir de transaction ni de compromis. L'état d'esprit de nos contemporains est tout autre : les motifs qui dictent leurs choix et orientent leurs préférences sont d'un ordre différent, non plus métaphysique, mais pragmatique : on est redescendu du ciel sur la terre; on juge une Constitution à ses effets. La Constitution de la Ve République, à mesure que s'apaisent les remous provoqués par son introduction, n'est plus l'enjeu d'une querelle entre croyants et incroyants, dévots et infidèles. On croit constater qu'elle répond mieux que d'autres à ce qu'on demande à une constitution : répartir les pouvoirs, distribuer les compétences, établir des procédures, prévoir en particulier à qui revient le dernier mot en cas de conflit, bref, fixer la règle du jeu.

La désacralisation de ce qui fut si longtemps l'objet d'un culte n'a pas pour autant diminué aux yeux des Français le respect qu'ils lui portent. C'est même tout le contraire : naguère, une moitié de la Nation vilipendait la république et blasphémait son nom; cette détestation est aujourd'hui éteinte. Jamais autant qu'aujourd'hui, on ne s'est référé à la Constitution pour s'y conformer : personne ou presque ne se permet de dire qu'il la rejette. Chacun scrute ses implications, suppute ses conséquences, invoque ses dispositions. Elle est la règle qu'on observe. Ce faisant, les Français se sont rapprochés de la façon de penser des autres sociétés démocratiques qui acceptent le pacte constitutionnel et ne songent pas à se diviser à son sujet. S'il y a quelque vérité dans l'assertion selon laquelle l'exceptionnalité française, qui a si longtemps fait de notre vie politique un objet d'étonnement pour l'étranger, serait en passe de s'effacer, la modification de notre comportement à l'égard de la Constitution et plus généralement des institutions en serait une preuve.

Cette sécularisation du débat institutionnel est tout à fait conforme à l'esprit de la Constitution et correspond à l'inspiration de ses rédacteurs. Elle est en effet une des premières de notre longue histoire à ne pas être la transcription de l'ambition de construire un système cohérent et de traduire des principes philosophiques. Les circonstances de son élaboration ont accentué son caractère empirique : à la différence de la plupart des textes précédents qui étaient sortis de la délibération d'une assemblée constituante et souvent inspirés par des théoriciens, elle a été préparée par des praticiens : des hauts fonctionnaires, des magistrats des tribunaux administratifs qui, pour avoir appartenu aux cabinets ministériels de la IVe République, avaient souffert des défectuosités du régime et visaient à remédier à ses inconvénients plus qu'à édifier un monument séduisant par sa cohérence. La longévité du régime et la souplesse du texte fondateur conduiraient à démontrer la supériorité des textes de compromis, fussent-ils bâtards au regard des classifications de la doctrine, sur les constructions systématiques.

Il n'y a guère qu'une autre Constitution à avoir été préparée dans des conditions un peu semblables : celle du 14 janvier 1852, qui a aussi été rédigée par une petite commission de fonctionnaires. Une autre ressemblance encourage à poursuivre le rapprochement : les deux textes s'inscrivent dans un cadre tracé au préalable, en 1852 par les cinq bases soumises à l'approbation du peuple auquel le Prince président venait de rendre l'universalité du suffrage ; en 1958, par les principes posés par l'Assemblée nationale en contrepartie de son accord pour la révision de la Constitution. Arrêtons-là un rapprochement provocant qui aurait réjoui les adversaires de la procédure en 1958, qui scandaliserait ses défenseurs, et qui, s'il était poussé plus avant, méconnaîtrait de plus grandes différences : la Constitution de 1852 a été adoptée dans le total dessaisissement des parlementaires ; le texte de 1958 a été examiné par un comité consultatif composé majoritairement de délégués des deux assemblées. Louis-Napoléon a sollicité de l'assentiment populaire un blanc-seing ; Charles de Gaulle a soumis le projet dans son intégralité au référendum et, si la réponse avait été négative, il ne serait pas entré en application. Le respect de la démocratie fait la différence entre les deux processus.

C'est aussi une raison qui explique que le régime instauré en 1958 ait si bien résisté tant à l'usure du temps qu'aux épreuves : sa ratification massive par le suffrage populaire en a fait la chose de la Nation. Est-ce simple coïncidence si ce régime bénéficie aujourd'hui encore d'une si large adhésion et s'il est aussi le seul à avoir obtenu l'acceptation explicite du corps électoral? Au référendum du 28 septembre 1958, la participation s'est élevée à 85 %, un taux qui interdit de prétendre que le changement de régime se serait fait dans l'indifférence, et 79,5 % des votants ont répondu « oui » au terme d'une campagne où les partisans du non avaient pu faire entendre leur point de vue. Aucune Constitution n'avait dans le passé été entourée d'autant de garanties de l'agrément des citoyens. Quelle différence avec sa devancière immédiate! Certes, le général de Gaulle avait déjà voulu qu'elle obtienne l'assentiment du peuple, mais le corps électoral s'était, au référendum de 1946, partagé entre un tiers d'abstentions qui exprimaient l'embarras ou l'indifférence, un petit tiers pour un « non » déterminé et un troisième tiers, un peu plus nombreux, pour un « oui » qui était fait de plus de résignation et du désir de sortir enfin d'un interminable provisoire que d'acceptation résolue.

Peut-on risquer une autre hypothèse, plus profonde, pour expliquer cette transformation si étonnante du comportement français à l'égard de la loi fondamentale? Si, après des années où l'expérience a peu à peu dissipé les craintes et fait justice des préjugés, la quasi-totalité de nos concitoyens accorde maintenant une adhésion raisonnée à la Ve République, ne serait-ce pas parce que celle-ci rapproche deux conceptions que l'histoire avait dissociées et réconcilie deux familles de pensée qui se disputaient les esprits et le pouvoir comme des adversaires irréductibles? L'une identifiait la démocratie à la souveraineté absolue de la représentation nationale et tenait toute restriction à la puissance du Parlement pour un attentat aux principes de la démocratie : en 1946 encore, Léon Blum, commentant dans *Le Populaire* les débats constitutionnels, réaffirmait sa conviction que le critère des régimes démocratiques était que le premier et le dernier mots appartinssent sans restriction à la majorité de l'Assemblée issue du suffrage universel. L'autre tradition ne se consolait pas de la faiblesse chronique de l'exécutif et dénombrait les funestes conséquences du déséquilibre des pouvoirs; elle n'évitait pas toujours de tomber dans le travers de l'antiparlementarisme. En restaurant l'équilibre des pouvoirs, faussé depuis la crise du 16 mai 1877, en faisant de la fonction présidentielle la clé de voûte des nouvelles institutions, la Constitution de 1958 comblait les vœux de ceux qui militaient depuis les années 30 pour une république forte et un parlementarisme rationalisé; mais, en confiant quatre ans plus tard la désignation du titulaire de la magistrature suprême au peuple tout entier, le fondateur de la Vᵉ République déférait au principe, fondement de la démocratie, qu'il n'est de pouvoir légitime que conféré par le peuple souverain. Ce régime, qu'on définit parfois comme une monarchie républicaine, qui conjugue un pouvoir fort pour un temps limité avec l'élection directe, refermait la fracture ouverte par la dissociation des deux conceptions et réconciliait les deux fractions de la conscience nationale. Droite et gauche n'avaient plus désormais autant de raisons de s'affronter sur un sujet qui cessait dès lors d'être l'enjeu de leur division.

Un observateur malicieux de nos discussions suggérerait peut-être que les passions qui se sont éteintes à propos de nos institutions nationales se sont reportées sur celles de la Communauté européenne : naguère, la querelle sur la Communauté européenne de défense, hier le grand débat sur le traité de Maastricht ne seraient-ils pas tout bonnement des métastases de la maladie constitutionnelle qui est un trait de l'exceptionnalité française? Est-ce un hasard si c'est en France que les débats sur le traité ont pris les proportions les plus étendues et suscité les divisions les plus vives dans la plupart des familles politiques?

V^e^, VIe ou IVe République?

La France, après deux cents ans de tâtonnements, d'espérances déçues, d'expériences manquées, aurait-elle enfin trouvé la réponse aux questions qu'elle se pose depuis la chute de la monarchie? La Constitution de 1958 serait-elle le terme de sa longue quête? Le croire et s'imaginer en conséquence que la Ve République restera son régime institutionnel aussi longtemps qu'elle aura une histoire serait retomber dans l'erreur de Guizot présentant la monarchie de Juillet comme la forme définitive de l'organisation sociale avec le gouvernement des classes moyennes ou partager l'illusion des thuriféraires de la IIIe République célébrant le bonheur d'un peuple ayant enfin accédé à la formule idéale de la démocratie.

Au reste, la Ve République n'est déjà plus ce qu'elle était, ni tout à fait ce que l'ont voulue ses fondateurs. Elle n'a guère cessé d'évoluer, et ce dès son instauration, parfois par la volonté de ses pères; ainsi, pour la révision de 1962, qui a substantiellement modifié l'équilibre entre les pouvoirs. Est-ce, en sens inverse, une raison pour soutenir, comme on le fait parfois, que nous ne sommes plus sous l'empire de la Constitution qui avait été approuvée par le peuple français? Certains prennent argument de ces changements pour dire que nous vivons sous une VIe République, à moins que nous ne soyons revenus, sans y prendre garde, à la IVe. À vrai dire, si l'on comptabilisait toutes les circonstances où des commentateurs ont cru qu'on passait sans crier gare d'un régime à un autre, le numéro d'ordre de la présente république serait au moins le dixième ou le douzième. Il est plus raisonnable de penser que nous vivons encore sous une Ve République qui a évolué, conformément à la loi de tout organisme vivant : s'adapter aux données nouvelles, sauf à disparaître. Reste cependant une vraie question : à partir de quel seuil l'accumulation des changements successifs devient telle qu'on a effectivement changé de régime, même si, en apparence, il demeure le même et continue de porter le même numéro dans l'ordre de succession?

Est-on revenu au régime des partis?

La thèse d'un retour à la IVe ou même à la IIIe République recevrait un singulier encouragement si l'on pouvait démontrer que les partis ont retrouvé tout ou partie de leur influence : la Constitution de la Ve avait pour objectif de leur retirer le pouvoir qu'ils s'étaient arrogé et que de Gaulle jugeait menaçant pour l'indépendance de l'État. D'où l'importance de tirer au clair la vérité ou l'erreur de cette affirmation, souvent réitérée depuis une douzaine d'années, qu'on serait revenu au régime des partis.

On sait ce que pensait des partis le fondateur de la Ve : s'il quitta le pouvoir une première fois en janvier 1946, ce fut parce qu'il ne pouvait s'opposer à leur domination; entre 1947 et 1953, il les combattit par le verbe et l'action, non sans injustice, et si, en 1962, il décida de transférer la désignation du chef de l'État au peuple, ce fut pour l'arracher aux partis, par un raisonnement qui n'était pas différent dans son inspiration de celui de Lamartine se prononçant en 1848 pour l'élection du président de la République au suffrage universel : « On peut empoisonner un verre d'eau, on n'empoisonne pas un fleuve. » Cependant, s'il se défiait des partis, le général de Gaulle n'a jamais pensé les supprimer : réaliste, trop conscient de ce qu'ils représentaient, il ne partageait pas la thèse de leurs détracteurs qui ne consentent à voir dans leur existence que des constructions artificielles suscitées par le dessein de diviser les Français. Ce que de Gaulle condamnait, c'était, pour employer ses propres termes, le régime *exclusif* des partis. La Constitution de 1958 est la première à reconnaître leur existence et à leur attribuer un rôle, même si elle le fit en termes plus restreints que ceux qu'eux-mêmes auraient choisis.

L'élection présidentielle devait être particulièrement soustraite à leur intervention. La première, en 1965, leur échappa effectivement : la candidature de François Mitterrand fut une candidature personnelle qu'il imposa aux partis de gauche : ils la soutinrent, mais n'eurent qu'une part fort modeste à son initiative. En 1969, Georges Pompidou prit grand soin de se démarquer de la formation gaulliste : sa déclaration de candidature devança la prise de position du parti dominant et Alain Poher faisait plus figure de candidat du Sénat que de sa famille démocrate chrétienne. De même encore, en 1974, si Valéry Giscard d'Estaing est bien le leader des Républicains indépendants, il rassemble sur son nom une majorité qui se soudera plus tard : à preuve, la formation qui se constituera autour de lui empruntera son appellation à un livre : *Démocratie française*. Et même en 1981, si c'est bien le premier secrétaire du Parti socialiste qui entre à l'Élysée, il le doit plus au fait qu'il est depuis 1965 le *challenger* de la majorité de gouvernement; au reste, il a plus ressuscité le Parti socialiste que celui-ci ne l'a porté au pouvoir, comme si quelque chose de la légitimité du général de Gaulle avait rejailli sur la personne de celui qui avait eu la présomption de le défier.

En sens inverse, par deux ou trois fois, la formation des gouvernements et les règles qui ont présidé à la répartition des portefeuilles ont donné l'impression d'obéir au souci de respecter le rapport de forces entre les partis : une première fois en 1976, lors de la constitution du gouvernement de Raymond Barre, en flanquant le Premier ministre de représentants des trois composantes de la majorité, Olivier Guichard pour les gaullistes, Jean Lecanuet pour les centristes, Michel Poniatowski pour les giscardiens. La chose fut beaucoup plus affirmée avec le gouvernement Mauroy : si la majorité absolue dont disposait le groupe socialiste à l'Assemblée le dispensait de composer avec des formations alliées – le Parti communiste devant se contenter de la part qui lui est chichement mesurée, de quatre ministres –, le nouveau Premier ministre répartit les ministères à la proportionnelle des courants qui traversaient le parti; atteinte plus grave à l'esprit de la Constitution. Quand la droite revient au pouvoir en 1986, Jacques Chirac procède de même en embarquant dans son gouvernement tous les leaders des formations associées dans la coalition de droite. Mais rien n'a sans doute autant fait pour accréditer l'idée d'un retour au régime des partis que la politique des dépouilles pratiquée par le Parti socialiste sur une large échelle, la nationalisation de vastes secteurs de l'économie ayant grandement étendu le champ des postes de direction dont l'attribution dépend de la faveur politique. Mais la vérité oblige à rappeler que le mouvement de politisation des grandes fonctions avait débuté sous le septennat précédent.

Le critère déterminant d'un retour éventuel au régime des partis reste l'origine des décisions qui engagent le destin national : le test décisif est de savoir, en cas de divergence entre le parti majoritaire et l'exécutif, à qui revient le dernier mot. Or, après onze ans de présence à la tête de l'État d'un homme qui n'a pas renié son appartenance au socialisme, et neuf années de pouvoir avec des gouvernements où les socialistes étaient majoritaires, la réponse ne fait guère de doute :

le pouvoir de décision est toujours à l'Élysée : c'est du président que viennent les impulsions majeures, c'est lui qui arbitre entre les points de vue, lui encore qui fixe les grandes orientations et parfois aussi les moins grandes. On l'a vu imposer sa volonté au groupe parlementaire socialiste, par exemple pour la reconstitution de carrière des généraux compromis avec l'OAS au temps de la guerre d'Algérie. Il est vrai que, plus approche le temps de l'après-Mitterrand, et plus le Parti s'émancipe de la tutelle de son ancien premier secrétaire, préférant en 1988 Pierre Mauroy à Laurent Fabius, qui avait notoirement la faveur du président pour le poste de premier secrétaire et récidivant au congrès de Rennes dont l'échec désastreux est en partie imputable à l'obstination de François Mitterrand à vouloir imposer son favori. Néanmoins, le pouvoir d'État n'est pas tombé dans la dépendance du Parti. S'il était probablement dans la nature des choses qu'après l'éloignement du général de Gaulle, les partis recouvrent une partie de leur influence, il serait pour l'heure excessif de parler de restauration de leur rôle, à plus forte raison de retour au régime des partis. Deux facteurs concourent à réfréner leurs ambitions. Le mode d'élection du président de la République d'abord : en exigeant une majorité absolue et en restreignant l'accès du second tour aux deux seuls candidats arrivés en tête, il ôte à toute formation politique l'espoir de gagner seule; tout candidat est donc contraint de prendre quelque distance par rapport à sa propre famille s'il veut bénéficier du soutien d'autres. Son indépendance est de ce fait garantie, et aucun parti ne peut s'approprier la victoire de celui qu'il a soutenu. Par ailleurs, le discrédit où sont tombés tous les partis, à droite comme à gauche, et leur affaiblissement limitent leur capacité de peser sur les orientations politiques. On pourrait plutôt se demander si leur déclin n'a pas aujourd'hui plus d'inconvénients que d'avantages pour un fonctionnement satisfaisant de nos institutions.

C'est d'une autre façon, plus subtile, que les partis influencent les choix gouvernementaux : par le désir de ne pas décevoir les militants ni contrister l'appareil. Personne aujourd'hui ne se soucie plus de ne pas désespérer Billancourt, d'autant que Billancourt n'est plus dans Billancourt depuis la fermeture de la Régie et que la CGT a perdu le contrôle de la forteresse qui était le symbole du combat ouvrier; mais les dirigeants d'un parti ont toujours peur de perdre l'approbation des militants et la crainte de leur paraître infidèles à l'idéologie les conduit à des erreurs politiques; pour se faire pardonner d'avoir dû prendre des libertés avec le programme, ils accordent au parti des compensations symboliques; c'est parce qu'il avait opéré une courageuse volte-face de la politique économique et financière que Pierre Mauroy annonça au congrès du PS le dépôt d'un projet de loi contre les concentrations dans la presse ou laissa sa minorité laïque introduire dans le projet de loi sur l'enseignement privé trois amendements qui le dénaturèrent en rompant le délicat équilibre négocié par Alain Savary. La première de ces initiatives fournit à l'opposition de droite le thème de la défense des libertés contre les projets totalitaires des socialistes. Pour satisfaire cent mille adhérents qui ne sont nullement représentatifs de la diversité du corps social, on s'aliène des millions d'électeurs potentiels. Au lieu d'être un trait d'union entre le gouvernement et le pays, la vigilance sourcilleuse d'un parti dont les adhérents restent attachés à leur idéologie dresse entre eux un écran. Le fait est vrai de tous les partis; plus marqué à gauche, il s'observe aussi à droite : si Jacques Chirac, avant de s'engager sans réserves, a commencé par donner le déconcertant spectacle de l'indécision et de positions successives sur le traité de Maastricht, ce fut bien par ce souci de préserver la cohésion de son mouvement.

Une dérive monarchique?

Le retour au régime des partis n'est pas l'éventualité la plus souvent évoquée, ni celle qui inspire les inquiétudes les plus vives sur l'évolution de la pratique institutionnelle. C'est bien davantage la rupture de l'équilibre entre les pouvoirs qui résulterait du renforcement progressif de la prérogative présidentielle et de l'abaissement corrélatif de la représentation parlementaire.

Il n'est pas douteux que la coutume qui s'est instaurée s'est passablement écartée du schéma initial. De cette discordance, il serait injuste d'induire que le système a été sciemment et délibérément dénaturé. Tout a conspiré en ce sens, et les circonstances y ont eu encore plus de part que la volonté des acteurs. Il en va toujours ainsi : les constitutions prennent un tour que n'avaient pas prévu leurs auteurs. Les graves difficultés résultant de la situation en Algérie obligèrent le général de Gaulle à intervenir plus directement dans la conduite de la politique journalière qu'il n'avait envisagé, ni souhaité de le faire, puisque c'est à lui personnellement que le peuple français faisait confiance pour régler le problème et que lui seul avait assez d'autorité pour briser les résistances. On ne revient jamais en arrière sur ces avancées. Que son successeur ait été pendant six ans Premier ministre ne fut pas non plus sans conséquences : il transporta naturellement à l'Élysée les habitudes contractées à Matignon; il lui aurait été difficile de se défaire de celle de décider, et surtout sa connaissance des dossiers et des affaires en cours surpassait parfois celle des ministres. Ses successeurs ont poursuivi le processus qui suspend à la décision du président toute l'activité gouvernementale.

La cohabitation a fixé les contours en deçà desquels la fonction ne pouvait régresser : c'est alors seulement qu'on a constaté que même un gouvernement s'appuyant sur une majorité contraire au président ne pouvait pousser très loin la réduction de son autorité. Non seulement il apparut immédiatement que l'idée qu'il devrait démissionner n'avait aucun fondement, mais qu'il n'était pas concevable de ramener son rôle à celui des présidents des IIIe et IVe Républiques. Le pouvoir d'arrêter l'ordre du jour des conseils des ministres, la double signature requise pour toutes les nominations d'importance traçaient des limites. Le refus de François Mitterrand de signer certaines des ordonnances préparées par le gouvernement a vraisemblablement créé un précédent sur lequel on reviendra difficilement. Ainsi, à mesure que se précisait une pratique et que se fixait une interprétation, le pouvoir du président est allé se renforçant continûment.

Ce renforcement de la prépondérance présidentielle, dont il serait vain de prétendre qu'il n'a pas modifié l'équilibre des pouvoirs tel que le définissait le schéma approuvé par les électeurs en 1958, suscite aujourd'hui des interrogations inquiètes et des réactions négatives : peut-être plus chez les politiques que dans la France profonde. Les citoyens ont moins de motifs d'y être hostiles : c'est d'eux que le président tient son pouvoir, et son élection leur a donné une occasion supplémentaire d'intervenir dans le processus des décisions, alors que les pouvoirs de la présidence ont été ôtés aux parlementaires. Ceux-ci ont aussi des raisons moins intéressées de s'alarmer d'une dérive monarchique. Quelques-uns n'envisagent pas moins que de revenir sur la révision, jugée par eux déplorable, de 1962, et de restituer la désignation du chef de l'État à un collège restreint composé de ceux qui détiennent déjà un mandat; mais il en est peu pour croire aux chances d'aboutir d'une telle proposition : jamais les électeurs n'admettraient d'être dessaisis d'un droit auquel tous les sondages montrent qu'ils sont fort attachés, à concurrence de 85 ou 90 %.

Il n'en est pas de même pour la durée du mandat présidentiel : si l'on en croit une enquête récente publiée par *Le Point* (26 octobre 1991), ce seraient 75 % des Français qui répondraient positivement s'ils étaient consultés sur sa réduction de sept à cinq ans. Le raccourcissement leur donnerait l'occasion d'exercer plus souvent ce pouvoir auquel ils tiennent, comme le montre le taux plus élevé de participation à cette élection. Cette proposition bénéficie actuellement de connivences qui tiennent à la conjoncture. L'opposition enrage de devoir attendre encore plus de deux ans avant de reconquérir la présidence, perdue depuis bientôt douze ans. La réélection du président sortant en 1988 pour un second bail a apporté de nouveaux arguments au thème du quinquennat. Mais ceux qui se prononcent en faveur du raccourcissement pour l'une ou l'autre raison en mesurent-ils bien les conséquences? Ramener de sept à cinq ans la durée de la fonction serait modifier sa place dans le système et la nature de son rôle. La présidence est la magistrature de la continuité; la Constitution confie expressément au chef de l'État la responsabilité des objectifs à long terme et la mission d'assurer par son arbitrage le fonctionnement régulier des pouvoirs publics. Ce qui implique une présence plus durable que celle des autres pouvoirs; réduire son mandat à un quinquennat, c'est l'aligner sur la durée de l'Assemblée nationale. Le septennat exprime symboliquement et garantit sa prééminence sur les autres pouvoirs. En réduire la durée à cinq ans, c'est desceller la clef de voûte de nos institutions. Ce pourquoi je soutiens qu'on changerait alors de régime.

Mais, objectera-t-on, rien n'interdit au président sortant de briguer un second mandat dont l'obtention porterait à plus d'une décennie la durée de sa présence. C'est tabler sur une éventualité éminemment aléatoire; la réélection de François Mitterrand, acquise en partie grâce à la conjoncture exceptionnelle de la cohabitation dont il a exploité avec une habileté consommée les possibilités, ne garantit absolument pas qu'il en ira toujours ainsi : a-t-on déjà oublié la déconvenue de son prédécesseur en 1981 ? En toute hypothèse, on ne règle pas des questions de cette importance en fonction de conjonctures passagères ou sur des conjectures hasardeuses. Il faut se demander, comme ce serait souhaitable pour chaque organe de pouvoir, quelle est la durée optimale eu égard aux attributions à exercer. Or si deux fois sept ans c'est assurément trop, cinq ans pour la fonction suprême, ce n'est pas assez. On a le spectacle des États-Unis : tout le monde convient que quatre ans, c'est beaucoup trop court : la moitié du temps, le président est en campagne et empêché de prendre les initiatives que réclamerait l'intérêt du pays. Or cinq ans, ce n'est jamais qu'une année de plus. En outre, un an ou un an et demi ne sont pas de trop pour l'apprentissage d'une fonction qui requiert une connaissance approfondie des rouages, des hommes, des problèmes. Il n'est pas possible de concevoir, d'engager, de suivre une réforme en moins de trois ans, compte tenu des délais incompressibles pour l'élaboration des textes, les consultations, les délibérations, la mise en application. En outre, l'expérience de trente et quelques années a imposé comme une règle raisonnable qu'à un président correspondent deux Premiers ministres : le raccourcissement du mandat présidentiel aurait donc une répercussion sur la stabilité des gouvernements et rapprocherait la pratique de la Ve République du rythme saccadé qui a tant fait pour déconsidérer les républiques antérieures dans l'esprit public. Enfin, la politique étrangère étant dans notre système une attribution essentielle du président, sauf à changer du tout au tout la répartition des compétences entre les deux têtes de l'exécutif, c'est le secteur où la continuité de l'action est la plus nécessaire. C'est aussi, pour le pays qu'il représente, un atout majeur dans les rencontres au sommet, de plus en plus fréquentes, que la stabilité du chef de l'État, l'expérience qu'elle lui a enseignée, les relations personnelles qu'il a pu nouer avec ses partenaires. Si deux fois sept c'est trop et cinq, pas assez, s'il faut à tout prix modifier la durée du mandat présidentiel, pourquoi pas le septennat non renouvelable, qui a été la formule la plus utilisée depuis cent vingt ans? Aucun second septennat, avant celui en cours, n'est allé jusqu'à son terme. Cette solution aurait un autre avantage : le titulaire de la fonction, puisqu'il ne pourrait être candidat à sa succession, ne serait pas soupçonné d'obéir à des calculs électoraux; lui-même serait affranchi de toute arrière-pensée de cet ordre; son autorité morale ne pourrait qu'y gagner et peut-être aussi le pays, dont le destin ne serait pas mis en balance dont des considérations secondes. Puissent ces quelques réflexions convaincre que modifier la durée d'une fonction n'est pas une réforme mineure! Elle peut altérer la nature du régime; elle ne devrait être décidée que pour des motifs essentiels.

Un Parlement abaissé?

Une critique allant rarement sans une autre, l'inquiétude qui naît de l'inflation de la fonction présidentielle se nourrit de l'impression d'une diminution corrélative du rôle du Législateur et de l'abaissement de la représentation nationale. Si l'on compare la position du Parlement aujourd'hui avec ce qu'elle était sous les précédentes républiques, l'abaissement n'est pas discutable. C'était l'objectif avoué d'une partie des dispositions de la Constitution, renforcées par le règlement des assemblées qui visaient une fin orthopédique : guérir les mauvaises habitudes d'un siècle de parlementarisme effréné et instaurer une autre pratique. Au reste, c'est dans toutes les démocraties que le Parlement a vu son rôle se réduire à mesure que s'étendait le domaine d'intervention de la puissance publique. Mais que l'évolution soit partout orientée en ce sens n'absout pas certains excès qui restreignent par trop la fonction délibérative ou le contrôle du gouvernement.

Ce qu'on désigne ordinairement par l'abaissement du Parlement est en fait la résultante du dévoiement de dispositions prévues pour assurer la continuité de l'action gouvernementale dans des situations exceptionnelles, mais dont les gouvernements usent en des situations qui ne les justifient pas en les conjuguant : procédure d'urgence, qui réduit le nombre des lectures d'un texte, vote bloqué pour sauvegarder la cohérence d'un projet, réserve d'articles contestés et, par-dessus tout, le recours au fameux article 49, alinéa 3, qui est en passe d'être le plus connu de tous les paragraphes de la Constitution. Ces dispositions, dont quelques-unes ont été introduites à la suggestion des anciens présidents du Conseil de la IVe République qui avaient souffert de la faiblesse du gouvernement en face d'une assemblée souveraine, se justifient à titre exceptionnel. Mais les gouvernements n'ont pas résisté à la tentation d'en user chaque fois qu'ils se heurtaient à une résistance de l'Assemblée. Ils y ont plus souvent recouru pour contraindre leur majorité récalcitrante qu'ils enferment dans un dilemme : ravaler ses objections ou prendre le risque d'ouvrir une crise ministérielle. L'utilisation systématique et concomitante de ces ressources du texte constitutionnel a été un facteur de stabilité gouvernementale, mais elle a contribué à étrangler la délibération. Rien n'a autant fait pour donner aux parlementaires le sentiment de leur impuissance et de leur inutilité. Il est juste d'ajouter que ces procédures ont eu l'avantage d'éviter aux fractions minoritaires et dissidentes des majorités de gouvernement – gaullistes au temps du gouvernement Barre, certains socialistes et les communistes dans les gouvernements de gauche – de choisir entre leurs convictions et la solidarité, puisque, en l'absence de motion de censure, le texte litigieux est adopté sans vote et qu'il n'était pas question de s'associer à une motion de censure déposée par l'opposition. La constance des électeurs à donner aux gouvernements des majorités compactes, sauf depuis 1988, et la rigidité de l'affrontement bipolaire entre une majorité inconditionnelle et une opposition systématique ont eu au moins autant de responsabilité dans l'affaiblissement du Parlement que les intentions des rédacteurs de la Constitution.

Quelques aménagements mineurs pourraient aisément porter remède au dépérissement de la fonction et améliorer le fonctionnement du contrôle. Ainsi, pour la durée des travaux parlementaires, nous retrouvons cette question si importante de la détermination des durées pertinentes. Pour soustraire l'exécutif au harcèlement incessant des députés, la Constitution a enfermé le temps de leurs travaux dans des limites étroites : deux sessions dont l'addition n'excéderait pas cinq mois et demi. Cette contrainte apparaît aujourd'hui pernicieuse : outre qu'il ne va pas de soi d'expliquer à l'électeur – et au contribuable – que son député ne travaillera que moins de la moitié de l'année, cette durée est trop brève pour permettre au Parlement de remplir son rôle : la multiplication des sessions extraordinaires qui s'ouvrent dès la clôture des sessions ordinaires est le signe d'un dérèglement.

Pour améliorer l'examen des textes, on suggère d'accroître le rôle des commissions et aussi d'en augmenter le nombre. Leur limitation à six présente entre autres deux inconvénients : le nombre de leurs membres est trop élevé pour un travail sérieux; le champ de leurs compétences est trop étendu et trop varié pour qu'elles puissent en embrasser valablement toute la diversité. Appliquer l'obligation, au moins dans les scrutins importants, du vote personnel mettrait fin au spectacle, qui n'a pas peu contribué à la dépréciation de la représentation nationale, de ces débats dont on dit l'enjeu capital mais qui se déroulent dans un hémicycle vide et sont tranchés par une poignée de députés courant de travée en travée pour tourner la clef qui commande le vote de leurs collègues absents.

Personne ou presque, aujourd'hui, ne réclame qu'on revienne au temps où les parlementaires faisaient et défaisaient les gouvernements, mais il importe pour le bon fonctionnement des institutions, l'honneur de la démocratie et la restauration de l'indispensable confiance entre les citoyens et la classe politique, de rendre à la représentation nationale les moyens de remplir le rôle que lui assigne notre Constitution en remédiant aux déformations qui résultent de trente et quelques années de pratique mouvementée.

Concentration du pouvoir?

Dérive monarchique et glissement vers un pouvoir personnel, effacement de la représentation nationale et abaissement du Parlement : l'inquiétude que suscitent ces deux évolutions procède de la même conviction que le régime s'écarterait de la règle qui veut que le pouvoir soit partagé et que sa concentration soit une menace pour les libertés publiques et la démocratie. Cette crainte fut très forte aux premiers temps de la Ve République : elle a dicté certains des votes négatifs. Les circonstances du retour du général de Gaulle lui donnaient quelque consistance, ainsi que certaines dispositions du texte constitutionnel : tel l'article 16, inspiré par le souvenir de juin 1940, où de Gaulle avait été témoin de l'effondrement de l'État, mais où certains Français, férus de réminiscences historiques, voyaient une reprise de l'article de la charte de 1814 auquel Charles X s'était référé pour prendre les quatre ordonnances qui avaient déclenché la révolution de Juillet 1830. C'était le temps où les journalistes étrangers croyaient que leurs confrères français étaient soumis à une censure de la presse. Le monopole de la télévision entre les mains du gouvernement était un autre argument. La suite a fait justice de ces craintes : l'article 16 n'a été utilisé qu'une seule fois où son application répondait exactement à l'intention qui l'avait inspiré : pour faire échec à un putsch militaire qui mettait en péril le gouvernement légal et les institutions démocratiques. Quant aux sentiments du fondateur de la Ve République, son départ volontaire en avril 1969, tirant dans l'heure la conclusion de l'échec du référendum où il avait jeté son autorité personnelle dans la balance, a définitivement convaincu de la sincérité de son respect pour la volonté du peuple souverain.

La crainte d'une concentration excessive du pouvoir, menaçante pour les libertés fondamentales, a resurgi en 1981, cette fois à droite, au lendemain de la double victoire de François Mitterrand et du Parti socialiste. La situation cependant n'était pas nouvelle : la domination d'une même tendance sur l'exécutif et le législatif; c'était la configuration en vigueur depuis vingt-trois ans. Si de bons esprits ont pu alors redouter sérieusement que la France glisse vers un totalitarisme larvé, ce fut pour deux raisons : le programme de nationalisations qui étendait la mainmise de l'État sur une grande part de l'économie française et détruisait l'équilibre entre libre entreprise et entreprises publiques, et le fait que les syndicats, étant proches idéologiquement de la gauche, au lieu d'être un contre-pouvoir avec lequel la droite au pouvoir avait souvent dû composer, seraient un instrument de plus aux mains du parti dominant. Sans souscrire à ses postulats de base, l'opposition de droite rejoignait l'économisme de la gauche marxiste, professant que le pouvoir politique suivait le pouvoir économique.

Cette interprétation a été vite démentie par les faits : les syndicats, dont l'influence déclinait, n'ont pas été pour la gauche des alliés bien efficaces; leurs revendications ont causé aux socialistes plus de souci et de difficultés qu'ils ne lui ont apporté d'assistance. Mais, surtout, la pratique a révélé que le système de nos institutions comportait de multiples possibilités de faire échec à une excessive concentration des pouvoirs. Le Sénat a par deux fois bloqué une initiative de révision constitutionnelle et n'a récemment donné son assentiment à la mise en conformité de la Constitution avec le traité d'Union européenne qu'en arrachant une extension de son contrôle sur les lois organiques. Par la volonté des électeurs s'est établie une sorte de partage entre l'État central et les collectivités territoriales : de consultation en consultation la droite a étendu et renforcé son contrôle jusqu'à détenir la majorité dans les trois quarts des conseils généraux et en 1986 dans 20 conseils des 22 régions de la métropole, la gauche ne conservant que le Nord-Pas-de Calais et le Limousin. Encore a-t-elle perdu le premier lors du dernier renouvellement au profit d'une coalition dirigée par les Verts. La décentralisation dont la majorité de gauche adopta les dispositions en 1982 transféra à l'opposition tous les pouvoirs dont la gauche se dépouillait. Cette réforme capitale est une de celles qui manifestent que le régime a grandement évolué depuis son instauration : son évolution s'est faite vers une diversification des pouvoirs qui n'a cessé de l'éloigner du modèle autoritaire d'État concentré qui fut pendant des siècles le trait dominant et qui reste encore dans l'esprit de beaucoup l'image de la réalité, bien que celle-ci y corresponde de moins en moins.

Le droit supérieur à la loi

La garantie de beaucoup la plus sûre et la plus efficace contre tout danger de dérive autoritaire s'est révélée avec les années résider dans l'existence d'une juridiction constitutionnelle. Il n'est pas d'institution qui illustre mieux le processus par lequel un système se définit graduellement : la faculté pour le Sénat de faire échec à un projet du gouvernement en matière constitutionnelle était inscrite dans le texte initial; l'extension des compétences des collectivités locales a résulté d'une initiative législative; le rôle croissant du Conseil constitutionnel est le résultat du croisement de ces deux procédures. Il tient en effet son existence de la Constitution même, mais ce n'est pas faire injure aux intentions et à la prescience de ses pères que de penser qu'ils n'y avaient pas prêté grande attention : sans doute attendaient-ils de la nouvelle institution qu'elle complétât le dispositif destiné à verrouiller toute tentative de retour aux beaux jours du parlementarisme omnipotent : ce pourquoi on lui transférait la vérification de la validité des élections et on lui déférait l'examen du règlement des assemblées. De fait, pendant une dizaine d'années, le Conseil ne donna guère de souci à l'exécutif et aucun politique ne pressentit une possible évolution.

Les choses commencèrent à bouger au début des années 70 : saisi en 1971 par le président du Sénat d'un texte de loi qui revenait sur les dispositions très libérales de la législation sur les associations, le Conseil annula celle, dictée par la crainte de la subversion après la commotion de 1968, qui donnait au préfet le droit de refuser le récépissé de déclaration d'une nouvelle association : ce n'était de par la loi de 1901 qu'une simple formalité administrative; le nouveau texte confiait un droit de regard à l'administration. En annulant cette disposition, au mécontentement du gouvernement, le

Conseil revendiquait pour la première fois le rôle de défenseur des libertés publiques. C'était l'amorce d'un processus qui allait reproduire le chemin parcouru par le Conseil d'État : de lui aussi le pouvoir avait attendu qu'il le serve docilement et prête un concours inconditionnel aux projets gouvernementaux; il était peu à peu devenu le garant des libertés dans le contentieux opposant les citoyens à l'administration, et même au gouvernement. Signe qu'existent dans la société civile française et dans l'esprit public des ressources insoupçonnées pour sauvegarder les libertés.

La seconde initiative qui fait qu'aujourd'hui le Conseil constitutionnel occupe au cœur de notre système une place centrale fut la décision du nouveau président de la République, Valéry Giscard d'Estaing, de proposer une révision élargissant ce qu'on dénomme la saisine du Conseil. Celle-ci était limitée aux trois premiers personnages de l'État. La révision de 1974 ouvrit aux parlementaires la possibilité de saisir le Conseil d'une loi dont ils penseraient qu'elle contrevient aux principes de la Constitution, pourvu que la demande recueille soixante signatures de députés ou de sénateurs. Depuis, les opposants, qu'ils soient de droite ou de gauche, ont largement usé de cette faculté qui a permis au Conseil d'exercer un contrôle sur l'activité législative.

On s'accorde à reconnaître que le Conseil s'est acquitté de cette mission tout à fait nouvelle dans notre histoire avec conscience et intelligence. Il a défini un bloc de constitutionnalité qui, débordant le texte de 1958, englobe la Déclaration des droits de l'homme et du citoyen et le préambule de la Constitution de 1946, qui énonce une seconde génération de droits. Adossé à ce bloc, il a progressivement édifié une jurisprudence cohérente qui exerce aujourd'hui une influence directe et indirecte sur notre législation : directe par celles de ses décisions qui annulaient telle ou telle loi, en partie ou en totalité; indirecte par la dissuasion, qui retient parlementaires et gouvernement d'adopter un texte ou d'introduire dans un projet un amendement qui s'expose à être annulé. Car, après avoir regimbé contre les interventions du Conseil, tempêté contre ses ingérences, dénoncé le gouvernement des juges, la classe politique a pris son parti de ce contrôle. Par son impartialité qui lui a fait distribuer équitablement entre droite et gauche les annulations, en les motivant soigneusement par des attendus irréprochables, le Conseil a désarmé les critiques. Il a eu la sagesse de garder un secret absolu sur ses délibérations; on ne sait jamais si les décisions ont été prises à l'unanimité, ou acquises de justesse, ni qui s'y est opposé. Impossible de ce fait d'établir un rapport entre la décision prise et ce qu'on sait ou croit savoir des affinités politiques de tel ou tel de ses membres. Cet exemple montre que, pour être généralement conforme à une exigence de la démocratie, la transparence n'est pas souhaitable en toute circonstance. À cet égard, la comparaison avec les instances successives chargées de dire le droit dans l'audiovisuel et dont aucune à ce jour n'est parvenue à asseoir son autorité morale, peut-être précisément parce qu'elles n'ont pas su s'imposer cette règle de confidentialité, est éclairante.

L'acceptation du contrôle du Conseil constitutionnel sur la législation a une portée historique considérable : elle rompt avec une tradition aussi ancienne que la vie politique moderne. C'était en effet depuis la Révolution un principe qui ne souffrait pas discussion qu'il n'y avait pas d'autorité supérieure à la volonté de la majorité de l'Assemblée élue au suffrage universel : celle-ci n'était-elle pas dépositaire de la souveraineté de la Nation? Toute restriction apportée au pouvoir de l'Assemblée était un attentat contre la Nation, une insulte à la démocratie. La loi étant investie de la majesté du peuple souverain, il ne pouvait y avoir aucune autorité au-dessus d'elle : une loi, même inique, n'en était pas moins la loi et elle requérait à ce titre l'obéissance entière. C'est ce principe qui est renversé ou, pour mieux dire, qui est désormais ordonné à des références plus hautes qui ne bafouent pas la démocratie, ni ne restreignent le principe de la souveraineté du peuple, puisque c'est en vertu de textes qui ont obtenu l'approbation du peuple lui-même ou de ses représentants que le Conseil confirme ou annule les textes qui lui sont déférés.

Pour mesurer la portée de cette révolution, qui est un effet induit du changement de régime et que je tiens pour un des plus positifs, formons une hypothèse qui paraîtra peut-être provocante à certains esprits religieusement attachés au souvenir de la IIIe République : ce régime fut certes grand sur bien des chapitres, il mérite l'estime, il commande même l'admiration, mais l'absence d'une juridiction qualifiée pour se prononcer sur la conformité de la loi aux grands principes n'a-t-elle pas eu indirectement une certaine part de responsabilité dans l'obéissance passive tant reprochée aujourd'hui aux fonctionnaires et aux forces de police dans l'application de la législation discriminatoire édictée par le gouvernement de Vichy? Personne n'avait été préparé à s'interroger sur sa légitimité : le légitime se confondait avec le légal. S'il y avait eu, avant 1940, une juridiction pour annuler certaines lois et enseigner aux citoyens que la volonté d'une majorité peut n'être pas légitime, peut-être y aurait-il eu plus de responsables à refuser d'appliquer des textes monstrueux. En me gardant de confondre l'inacceptable avec l'odieux et de mettre sur le même plan des atteintes de gravité fort inégale à l'équité, le parti républicain, après son arrivée au pouvoir en 1879, se fit accorder par sa majorité le droit de suspendre l'inamovibilité des juges, et profita de cet entracte pour révoquer quelques centaines de magistrats qui n'avaient d'autre tort que d'être soupçonnés de sympathies monarchistes. La chose ne souleva pas la réprobation de ceux qui se disaient démocrates. Aurait-elle été concevable s'il y avait eu un Conseil constitutionnel? Et la loi qui, en 1904, priva les religieux d'un droit reconnu à tout citoyen – celui d'enseigner – au seul motif de leur appartenance à une congrégation, cette loi qui blesse le principe de l'égalité devant la loi, n'aurait-elle pas été, elle aussi, annulée par une juridiction constitutionnelle? Ces exercices de rétro-fiction politique n'ont d'autre fin que de souligner la portée de ce changement dont personne au départ n'avait ni expressément voulu ni clairement prévu les développements.

Est-ce à dire que la France est maintenant un État de droit? Pour décisive que soit cette évolution, elle est loin d'être achevée : le Conseil n'exerçant pas l'autosaisine, un texte qu'il aurait censuré peut fort bien ne pas lui être déféré s'il ne se trouve pas soixante parlementaires pour le soumettre à son examen. En outre, le contrôle ne porte que sur les nouveaux textes : il ne s'exerce pas rétroactivement : la législation antérieure demeure donc inchangée. Or les exemples que nous venons de citer suggèrent que coexistent dans notre arsenal législatif avec des textes irréprochables à tous égards d'autres qui ne le sont pas, et n'auraient pas eu en leur temps l'aval d'une juridiction constitutionnelle. C'est pourquoi le président de la République avait proposé de permettre à tout citoyen s'estimant lésé par une loi ancienne de saisir le Conseil : par le biais de ces recours, aurait pu s'opérer peu à peu une harmonisation du corpus législatif et sa mise en conformité avec les exigences actuelles de la conscience publique, qui est devenue plus délicate en ces matières. À cette idée le Sénat a fait obstacle comme au projet d'élargissement du champ d'application du référendum. Mais on peut gager que le projet sera repris tôt ou tard et trouvera une majorité pour l'adopter : il s'inscrit trop visiblement dans le droit fil des innovations antérieures et il répond au vœu implicite d'une opinion qui ne s'est pas insurgée quand la France a ratifié – tardivement – la convention élaborée par le Conseil de l'Europe et par laquelle chaque État signataire consent que ses ressortissants puissent porter plainte contre lui devant la Cour de justice européenne et s'engage à se soumettre au jugement qui sera rendu, même s'il le condamne et lui inflige des réparations pour le préjudice causé. Mesure-t-on la portée d'un tel accord? Une garantie de plus contre l'arbitraire et contre l'instauration d'un pouvoir menaçant pour les libertés individuelles.

Le règne des experts?

La problématique classique associant, ou opposant, un exécutif et un législatif est aujourd'hui bousculée par les transformations des processus décisionnels, notamment l'émergence d'instances de consultation, d'expertise, d'évaluation qui sont venues compliquer un panorama déjà fort encombré. Conséquence de l'irruption dans le champ politique de problèmes dont la nouveauté déconcerte? C'est sans doute aussi la marque d'une certaine perte de confiance des politiques dans leur capacité à trouver des réponses pertinentes à leur complexité. Peut-être également une commodité pour se défausser sur autrui de la responsabilité de décisions impopulaires.

Le phénomène date des premières années de la Ve République : à l'origine, il a servi à dénouer des conflits du travail qui opposaient les pouvoirs publics aux travailleurs d'entreprises nationalisées, Charbonnages, EDF, le gouvernement confiant à des personnalités compétentes et estimées une mission d'information pouvant aller jusqu'à un arbitrage. C'est à l'occasion de ces premières interventions d'experts se recommandant par leur expérience et leur intégrité que le terme de « sages » a fait son apparition, avant d'être utilisé à toutes fins. Le succès de l'expression est un signe de l'ampleur prise par l'intervention de ces instances consultatives. Les unes sont temporaires, investies d'une mission qui débouche souvent sur la remise d'un rapport aux pouvoirs publics à qui il appartient de décider de la suite à donner à ses propositions : ainsi la commission sur la nationalité, présidée par Marceau Long, qui réussit sur un sujet particulièrement explosif à parvenir à des conclusions unanimes qui recueillirent l'assentiment d'une grande partie de l'opinion, mais dont, hélas! aucun gouvernement n'eut le courage de transformer les suggestions en projet de loi. D'autres sont appelées à durer : tel le Comité national de bioéthique créé en 1983. Fort différents par leur finalité et leur composition, ces organismes se sont multipliés – ils sont aujourd'hui assez nombreux, plus d'une vingtaine – pour constituer une entité juridique originale, les Autorités administratives indépendantes.

Cette prolifération inquiète des esprits attachés à la règle démocratique qui fait procéder toute décision de représentants élus, et qui regrettent la belle simplicité de l'ordonnance ancienne des pouvoirs. L'intervention du Conseil constitutionnel leur faisait craindre le gouvernement des juges; le foisonnement des autorités administratives indépendantes leur fait redouter le règne des experts et de techniciens sans responsabilité. Ils dénoncent le spectre de la technocratie. Or cette émergence n'est que la transcription dans l'ordre de la décision des changements qui affectent les rapports entre société et politique. De toute façon, ces instances n'ont pas de pouvoir à proprement parler et ne participent pas directement à la décision, qui reste l'apanage des pouvoirs désignés par l'élection et seuls responsables devant les citoyens. Leur rôle est d'éclairer la décision, de préparer les textes parfois, d'informer les décideurs. Elles exercent une sorte de médiation qui est généralement exempte de préoccupations d'opportunité et dictée par des considérations objectives et à plus long terme. Aux politiques ensuite de tempérer leurs recommandations par des considérations d'une autre nature, plus politiques. Tout bien pesé, l'émergence de ces nouvelles institutions, si elle encombre un peu plus un paysage où le citoyen a déjà quelque embarras à se retrouver, tourne plutôt à l'avantage de la décision. Elles constituent même une avancée de l'État de droit car il n'est guère vraisemblable qu'un gouvernement responsable aille ouvertement à l'encontre d'avis donnés par une instance qui aura donné des preuves de sa compétence et de sa sagesse. L'intervention de ces autorités, si elle est judicieusement articulée avec les pouvoirs proprement politiques, peut être pour la démocratie une chance et une voie pour rapprocher justice et efficacité.

Y a-t-il un avenir pour le référendum?

Avec le Conseil constitutionnel, on a l'exemple d'une disposition qui développe des effets imprévus et d'une institution qui prend une importance à laquelle on n'avait pas songé. Le référendum illustre le cas contraire : celui d'un dispositif qui risque plutôt de tomber en désuétude malgré des retours intermittents, et dont l'avenir reste incertain et le destin précaire. L'histoire des relations entre la démocratie, telle que le peuple français l'a pratiquée, et la procédure référendaire est une histoire tumultueuse qui l'hypothèque aujourd'hui encore.

Les deux régimes impériaux y avaient largement recouru contre les notables et contre les républicains : c'était assez pour le disqualifier aux yeux des démocrates et accréditer la confusion, intéressée ou sincère, entre référendum et plébiscite. Depuis la chute du second Empire, qui suivit à quelques semaines près le dernier plébiscite, la religion de la république tenait toute consultation directe des électeurs pour un attentat contre la démocratie parlementaire et une étape de l'instauration d'un pouvoir autoritaire. *A contrario*, le bonapartisme se présentait comme le parti de l'*Appel au peuple*. C'est le général de Gaulle qui a relevé la procédure référendaire de ce discrédit en décidant personnellement de consulter directement les Français, en octobre 1945, sur les institutions qu'ils voulaient et en faisant approuver par eux que la future Constitution devrait être adoptée par le suffrage universel : il ne fallut pas moins alors de trois référendums en douze mois pour régler le problème institutionnel. Après quoi, il ne fut plus question sous la IVe République d'organiser une consultation de ce type.

Le précédent de 1945 fit cependant qu'en 1958 on trouva naturel que le choix définitif d'une nouvelle Constitution dépendît d'un référendum : ce fut un grand succès qui acheva de consacrer la légitimité démocratique de la procédure. La Constitution proclame que le peuple exerce sa souveraineté par deux voies : par ses représentants élus ou par référendum, lui-même faisant alors directement acte de législateur. On sait l'usage répété que de Gaulle fit du référendum pour réviser la Constitution et pour le règlement de la question algérienne. Rien ne fit autant pour dissiper les derniers préjugés des démocrates contre ce type de consultation que le dernier des cinq référendum, en avril 1969. Le « non » l'ayant emporté, de Gaulle quitta le pouvoir sur-le-champ. Venant après le référendum du 3 mai 1946 qui avait, contre toute attente, rejeté le premier projet de Constitution bien qu'il eût le soutien de la majorité de l'Assemblée, ce second échec ruinait l'idée tenace selon laquelle le peuple répondrait toujours oui dans un référendum. La confusion était désormais impossible entre plébiscite et référendum, et la démonstration faite que les électeurs étaient libres de leur choix comme en toute consultation.

Depuis, l'histoire du référendum a été spasmodique et troublée, généralement décevante pour les gouvernements qui sont donc peu tentés d'y recourir. Le seul référendum dont Georges Pompidou ait pris l'initiative fut un semi-échec : il portait sur l'admission dans la Communauté économique européenne de quatre nouveaux États, dont la Grande-Bretagne. Ce n'est pas que le résultat ait été acquis de justesse, mais la participation tomba très au-dessous des taux auxquels les précédents avaient habitué les Français : autour de 60 %. Ce chiffre est un repère utile pour apprécier relativement la participation aux référendums ultérieurs. La gauche, qui craignait de faire le jeu du président, avait recommandé l'abstention, et nombre de citoyens n'avaient pas perçu l'intérêt de prendre part à la ratification d'une décision qui leur paraissait acquise de toute façon. De tout son septennat, Valéry Giscard d'Estaing ne fit aucun référendum; aucune question n'en prescrivait l'usage : surtout, le recours à la consultation directe n'était pas conforme à sa philosophie politique libérale qui se défie des entraînements populaires et réserve la décision à la délibération réfléchie des assemblées.

François Mitterrand, qui avait naguère pourfendu l'usage du référendum par le gaullisme, a, depuis son accession à la magistrature suprême, montré qu'il voulait empêcher le référendum de tomber en désuétude; par deux fois, ses tentatives achoppèrent sur l'opposition de la majorité du Sénat et plus particulièrement du groupe gaulliste. L'objet des réformes proposées – l'extension du champ d'application du référendum défini par l'article 11 et la possibilité pour des citoyens de saisir le Conseil constitutionnel – n'était pas en cause : le motif de l'opposition était la crainte de faire le jeu de l'adversaire ; des considérations que le Général aurait qualifiées de politiciennes ont prévalu sur la fidélité à l'héritage gaullien et le souci de préserver l'inspiration de la Constitution. Car l'abandon de toute pratique référendaire altérerait notablement la nature d'un régime qui comporte deux voies concurrentes et égales en dignité pour l'exercice de la volonté du corps politique. Le référendum sur la Nouvelle-Calédonie (novembre 1988) a été un demi-succès : il interrompait une suspension de plus de quinze ans, mais ne garantissait pas l'avenir.

Il en est allé tout autrement du référendum sur le traité d'Union européenne. Le recours au référendum était souhaitable, même si le résultat était beaucoup plus aléatoire qu'avec une procédure parlementaire : si sur un sujet dont partisans et adversaires s'accordaient à reconnaître que c'était un choix capital, engageant le destin de la Nation pour longtemps, on tenait les électeurs en dehors de la décision, sur quel sujet les interroger à l'avenir? Comparé à ce choix, tout problème paraîtrait mineur. L'approche du référendum suscita un intérêt croissant et mobilisa les passions, démontrant l'attachement des électeurs à ce type de consultation. Le taux de la participation, légèrement supérieur à 70 %, fit justice de la thèse de la dépolitisation et montra que les citoyens, quand la décision est entre leurs mains et qu'elle porte sur un enjeu essentiel, ne boudent ni leur intérêt ni leur participation. La victoire du « oui » a sans doute sauvé la procédure et rendu un avenir au référendum.

Les régimes électoraux

On s'étonnerait peut-être de ne trouver aucune référence aux débats sur les modes de scrutin dans un chapitre qui s'attache à étudier les changements qui ont modifié depuis trente ans la configuration des institutions, même si cet aspect doit plutôt être inscrit dans la colonne des facteurs de stabilité. Le régime adopté pour l'organisation des élections a des effets en plusieurs directions : il influence le comportement des électeurs, la stratégie des candidats et des états-majors, et jusqu'au nombre des partis et à leurs systèmes d'alliance. Le choix en 1958 du scrutin majoritaire et son maintien depuis avec une seule solution de continuité, en 1986, mais trop brève pour infléchir le comportement de l'électeur qui est resté majoritaire, a eu une part non négligeable dans le tour pris par la Constitution : la simplification du jeu politique, la réduction du nombre des partis, la disparition des petites formations, la bipolarisation, la cohésion imposée aux majorités comme aux oppositions sont autant de conséquences du principe majoritaire. Ces effets sont la raison pour laquelle les gaullistes considèrent que ce mode de scrutin fait partie intégrante des institutions de la Ve République. Aussi, quand François Mitterrand imposa aux socialistes le retour à la proportionnelle pour limiter la victoire prévisible de la droite, les fidèles de la pensée gaullienne crièrent-ils à la trahison de la Constitution.

Oserais-je dire que je ne partage pas leur certitude? J'ai pour moi l'autorité du général de Gaulle qui n'a pas suivi la proposition de Michel Debré d'inscrire le principe majoritaire dans la Constitution. Si de Gaulle est ainsi resté fidèle à la tradition française qui ne constitutionnalise pas le régime électoral, n'est-ce pas parce que la fondateur de la Ve République n'avait pas de religion sur le sujet et qu'il ne croyait pas qu'il n'y eût qu'un seul bon mode de scrutin? Au reste, n'avait-il pas fait en 1945 le choix contraire? C'est lui qui avait alors décidé que les élections à l'Assemblée constituante se feraient au scrutin proportionnel et qui a légué ce système à la IVe République. S'il revint en 1958 au scrutin qui a été le plus usité en France, fut-ce parce que l'expérience l'avait convaincu de son erreur ou n'est-ce pas plutôt par le sentiment que le choix d'un régime électoral devait, en l'absence de raisons de principe, s'inspirer des circonstances?

Contrairement à la thèse du Parti communiste pour qui le scrutin qui répartit les sièges à la proportionnelle des suffrages obtenus par les partis est le seul démocratique, il n'y a pas un régime qui soit plus conforme qu'un autre aux principes de la démocratie. Pour la simple raison que toute élection répond à deux fins distinctes : exprimer la diversité des courants entre lesquels se partage le corps électoral, mais aussi dégager une majorité qui assure la continuité du gouvernement. Aucun des deux grands régimes électoraux ne peut atteindre ces deux objectifs avec le même degré de satisfaction : la proportionnelle assure la représentation la plus fidèle mais le prix en est l'absence de majorité stable; le scrutin majoritaire offre les meilleures chances d'obtenir une majorité, mais il s'accompagne d'une déformation inévitable de l'expression de l'opinion.

Trente ans de pratique presque ininterrompue du scrutin majoritaire ont beaucoup apporté à notre connaissance des effets politiques de ce régime électoral. La Ve République lui doit la stabilité gouvernementale, la simplification du jeu, la clarté des choix. Cet acquis a aussi une contrepartie : la division en deux camps qui s'opposent sur tout, la disparition des opinions médianes, l'inconditionnalité de part et d'autre qui interdit ou rend très laborieuse la recherche du compromis et la mise au point de solutions qui rallient le consentement général. La guerre sans merci que se font droite et gauche, majorité et opposition, est la rançon des effets positifs. Or les citoyens se reconnaissent de moins en moins dans cette division; ils sont de plus en plus nombreux à ne pas savoir de quelle tendance ils relèvent ou à refuser tout simplement de s'identifier.

Qui sait si cette situation où la majorité vote bon gré mal gré comme un seul homme pour le gouvernement en toute circonstance et où l'opposition, sous peine d'être taxée de trahison, doit se prononcer systématiquement contre toute initiative du gouvernement, même si elle est en harmonie avec certaines de ses vues, n'est pas responsable du malentendu entre le pays et la classe politique ? Une telle situation ne heurte pas seulement le bon sens : elle ruine peut-être aussi le minimum d'accord hors duquel une société est menacée de se dissoudre ou de se disloquer. C'est le débat sur le consensus.

Un double décentrement

Absorption par la présidence de la République d'une partie des fonctions du Premier ministre, affaiblissement du Parlement, montée du Conseil constitutionnel, émergence d'instances de consultation, que de modifications dans le système dessiné par le texte de 1958 ! Et pourtant ces changements, quelque importants qu'ils soient, ne sont peut-être pas les plus gros de conséquences pour l'exercice du pouvoir et le rapport entre les citoyens et l'État. Ils sont moins décisifs que d'autres qui procèdent de transformations externes et qui ont amorcé une mutation qui, pour n'être pas achevée, est déjà une des plus amples de l'histoire de la France comme société politique organisée.

Quand le général de Gaulle conviait les Français, le 4 septembre 1958, à se prononcer pour le projet de Constitution qu'il leur présentait, le pouvoir politique était tout entier concentré dans l'État : celui-ci n'avait pas de rival, la Constitution ne faisait mention d'aucun partenaire, à l'exception des États avec lesquels il pouvait être appelé à traiter. La réalité est aujourd'hui bien différente : l'État n'est plus seul ; il a accepté de partager, au-dessus de lui, si l'image convient d'une hiérarchie verticale, avec des institutions transnationales et, au-dessous, de rétrocéder aux collectivités territoriales une part importante de ses attributions. Ce double mouvement qui a rétréci l'espace où s'exerce sa souveraineté a profondément modifié les conditions de la vie politique, même si l'opinion a tardé à s'en aviser et si elle n'en a peut-être pas encore perçu toutes les implications. Encore qu'on puisse se demander si le trouble qui l'a affectée à propos du traité de Maastricht n'a pas eu sa source précisément dans la prise de conscience retardée que le centre de la vie politique, le lieu de toute décision, ne sont plus nécessairement cet État, qui inspirait aux Français des sentiments ambivalents mais familiers.

Les Français ont brusquement découvert les conséquences d'un mouvement qui a débuté il y a une quarantaine d'années et qui s'est poursuivi depuis à travers toutes sortes de péripéties. On en connaît les étapes principales : la proposition Schuman-Monnet de Communauté européenne du charbon et de l'acier, qui a posé la première pierre de la construction européenne (8 mai 1950); en application des traités de Rome (mars 1957), la constitution du Marché commun avec l'élaboration d'une politique commune pour l'agriculture et quelques autres secteurs; l'extension des compétences à d'autres domaines, le Système monétaire européen, les réunions régulières des chefs d'État et de gouvernement, l'élection au suffrage universel de l'Assemblée résultant de la fusion des diverses instances, le vote de l'Acte unique et, en dernier lieu, les négociations aboutissant au traité qui transforme la Communauté économique en une Union européenne. Tout un pan de la législation, devenant européenne, échappait aux Parlements nationaux. Sans qu'on sache bien quel est le degré de fiabilité de ces évaluations, on estime tantôt à près de 50 %, tantôt à 80 % la part de la matière législative qui serait ainsi soustraite à la compétence des législatures nationales. Rien que pour préparer l'entrée en vigueur au 1er janvier 1993 de l'Acte unique qui, lui, a été voté par les Parlements, la Commission n'a pas édicté moins de trois cents directives. Parallèlement, la Cour de justice de Luxembourg édifie, jour après jour, une jurisprudence dont toutes nos juridictions admettent aujourd'hui qu'elle s'impose à elles, depuis que le Conseil d'État a aligné sa position sur celle de la Cour de cassation et du Conseil constitutionnel. Le dernier en date des actes qui ponctuent ce transfert est le vote, à une majorité nettement supérieure au seuil requis des trois cinquièmes, par lequel les deux assemblées réunies en congrès ont adopté les modifications nécessaires pour mettre notre Constitution en conformité avec le traité de Maastricht. Il était inévitable qu'un tel bouleversement des habitudes provoque de vives réactions, et que sa ratification par le vote populaire devienne l'occasion d'un grand débat politique, démentant l'idée communément admise que les débats idéologiques appartiendraient à un passé révolu et manifestant la capacité de l'opinion à se mobiliser sur un grand sujet.

Ce décentrement de la décision fait que les groupes d'intérêts orientent leur action vers d'autres points d'application : quand les paysans veulent se faire entendre, clamer leur angoisse, ils se donnent rendez-vous à Strasbourg, sur le pont de l'Europe ou devant le palais du Parlement européen, ou manifestent à Bruxelles, et ils coordonnent leur action avec les organisations professionnelles des partenaires. Les régions françaises ont presque toutes ouvert un bureau ou entretiennent une délégation auprès de la Commission européenne. L'espace géographique de la politique s'est aussi dilaté.

Si le transfert, de l'État aux institutions européennes, d'une part des responsabilités politiques s'est effectué de façon très progressive par un mouvement continu que jalonnent de loin en loin des décisions qui le sanctionnent ou lui font franchir une nouvelle étape, le moment de l'autre évolution peut être daté avec la plus grande précision : du vote en 1982 des lois de décentralisation. Il y a peu de décisions dans notre histoire à rompre aussi radicalement avec des traditions séculaires, des habitudes de pensée et des pratiques aussi anciennes. La centralisation était un des traits les plus originaux de la personnalité de la France, et ses effets ne se limitaient pas à la politique et à l'administration : elle concernait la culture, les mœurs, l'économie, les comportements, les activités. Sans adhérer totalement à la thèse qui veut que ce soit l'État qui ait forgé la France, car le sentiment d'appartenance à une patrie française était déjà présent dans les esprits et les cœurs alors que l'État était encore précaire et mal assuré, c'est une évidence que l'État a joué dans notre histoire un rôle qui n'a guère d'équivalent en d'autres pays. Tous les régimes ont précieusement conservé ou renforcé cette centralisation, y compris ceux qui s'étaient juré d'y mettre fin : l'État est sorti plus fort de chacune des tempêtes qui auraient dû l'affaiblir. Mais en 1981, le gouvernement socialiste, reprenant à son compte l'objectif défini par le général de Gaulle et contre lequel, en son temps, le Parti socialiste avait fait campagne, décide de renverser le mouvement séculaire. La tutelle exercée depuis Louis XIV sur les communes par le représentant du pouvoir central, intendant ou préfet, est abolie. L'exécutif du département comme de la région, érigée en collectivité territoriale, passe du préfet au président élu de l'assemblée. En de nombreux domaines, l'initiative appartient désormais aux élus.

Il serait prématuré de dresser un bilan, même provisoire, des premiers effets de cette révolution : l'expérience est encore trop courte : six ans, c'est peu pour évaluer les effets d'une réforme qui inverse une tendance de plusieurs siècles. Beaucoup pensent, en outre, qu'elle est incomplète : elle appellerait des prolongements; on dit couramment que la décentralisation est au milieu du gué. Néanmoins, il n'est pas trop tôt pour supputer quelques-unes des conséquences pour la vie politique et sur les relations entre elle et les Français. Au lieu d'attendre de la capitale et des administrations centrales initiatives, décisions, autorisations ou interdictions, allocations de moyens, les citoyens commencent à regarder vers leur maire, leur conseil général ou régional. La délivrance du permis de construire ne relève plus de l'autorité préfectorale mais du maire de la commune, qui n'en est pas plus heureux. Les élections locales devraient logiquement y gagner en intérêt et voir croître la participation.

La naissance du fait régional est un des résultats positifs de la décentralisation. Il a été perçu par l'opinion avec une célérité qui est en partie l'effet d'une habile politique de communication des régions, mais qui fait justice de l'idée selon laquelle l'opinion ne prendrait conscience des changements qu'avec retard. Les enquêtes d'opinion montrent que les Français attendent plus de la région que des autres collectivités, pour l'emploi, la formation, les transports, l'économie. Les régions ont démontré leur capacité d'intervention, notamment pour les lycées : héritant d'un ensemble vétuste, insuffisant, elles ont, en quelques années, mené à bien sa modernisation et son extension. Se constitue peu à peu une catégorie de politiques qui trouvent plus d'intérêt à animer leur région qu'à siéger sur les bancs de l'Assemblée : ils disposent de pouvoirs concrets, ils voient le résultat de leur action. Avec l'obligation nouvelle de choisir entre plusieurs mandats, ira-t-on jusqu'à la formation de deux types de cursus aussi différents que ceux que suivent aux États-Unis les gouverneurs d'État et les sénateurs? Toujours est-il que les premiers pas de la décentralisation et la naissance des régions ont permis à des personnalités de se dégager.

On serait sans doute surpris que la réforme n'ait eu d'effets que positifs : toute mutation se paie. La décentralisation aussi a un prix, et au sens littéral : elle a commencé par entraîner un surcroît de dépenses : moins parcimonieuses que l'État dans l'emploi des fonds publics, les collectivités locales ont inauguré leur nouvelle autonomie en faisant construire à grands frais de somptueux hôtels du département ou de la région, pour affirmer leur existence. Moins économes dans le recrutement du personnel, elles ont engagé des collaborateurs en nombre élevé pour prendre la relève de la fonction publique nationale dans les services transférés : là où quatre agents suffisaient, il en faut parfois trois ou quatre fois plus. Enfin, l'extension des compétences et le gonflement des budgets dont disposent les collectivités exposent davantage leurs responsables, élus et administrateurs, aux tentations des solliciteurs et éventuellement aux tentatives de corruption. Ils sont aussi moins entraînés à y résister que la fonction publique nationale. Il serait injuste d'établir une corrélation entre la décentralisation et les progrès que l'on pressent de la corruption, mais ce n'est pas faire injure aux élus ni condamner le principe de la décentralisation que de constater que des risques de cette nature sont la contrepartie de la transformation des rapports entre l'État centralisé et les communautés territoriales. On peut raisonnablement espérer que ces maladies infantiles seront progressivement guéries par la constitution d'une fonction publique territoriale s'inspirant du modèle de la fonction nationale et par le contrôle des Chambres régionales des comptes sur la gestion financière des communes, départements et régions. Pourquoi celles-ci n'acquerraient-elles pas avec le temps des traditions de rigueur qui n'auraient rien à envier à l'administration de l'État?

Deux fois plus d'élections

Le double mouvement qui a entamé par les deux bouts le pouvoir de l'État central a eu pour conséquence d'enrichir la panoplie des consultations électorales de deux types nouveaux. Aux débuts de la Ve République, l'électeur était appelé à voter en tout et pour tout en trois circonstances : pour renouveler le conseil municipal de sa commune, pour élire son conseiller général et pour désigner son ou ses députés, selon que le scrutin était uninominal ou de liste. Aujourd'hui, le nombre des occasions de vote a plus que doublé par l'effet conjugué des dispositions de la Constitution et des changements apportés à la répartition des pouvoirs. L'électeur peut être appelé à répondre par oui ou par non à une question posée par référendum; il élit le président de la République; il participe à l'élection des quatre-vingt-un députés qui représentent la France à Strasbourg et, depuis 1986, il élit aussi les conseillers régionaux. Faites le compte : on est passé de trois à sept. Si le degré de démocratie ne se mesure pas seulement à la fréquence des consultations électorales, on conviendra néanmoins que cette extension de la participation à la désignation de ceux qui gèrent les affaires communes est un signe positif; à condition, évidemment, que les citoyens usent de la possibilité qui leur est offerte.

Il faut aussi que les conditions d'organisation de ces élections favorisent l'expression de la volonté des électeurs. Or à cet égard, force est de reconnaître qu'elles ne sont pas satisfaisantes pour les deux dernières venues. Les élections européennes sont l'unique occasion de toute notre longue histoire électorale de pratiquer la représentation proportionnelle intégrale pour laquelle naguère de bons esprits faisaient campagne comme pour le système le plus équitable. Les électeurs se voient proposer des listes de quatre-vingt-un noms dont ils ne peuvent retrancher aucun ni modifier l'ordre : c'est un vote bloqué sur des choix arrêtés par les états-majors de parti. Le choix de ce mode d'élection a été dicté en 1979 par le souci de ne pas porter atteinte à l'unité nationale. Il y a lieu de penser que la participation gagnerait à un découpage des circonscriptions qui pourraient être calquées sur les régions. Quant aux élections régionales, la formule retenue défie le bon sens et va à l'encontre de la finalité de cette consultation : les conseillers sont élus dans le cadre du département. C'est contraindre des hommes qui auront à faire des choix à l'échelle de la région à se faire les avocats des intérêts particuliers de leur département et à pratiquer une politique de saupoudrage. Ce système, qui a été maintenu pour les secondes élections en mars 1992 par la volonté du président de la République, est inspiré par sa défiance à l'encontre de la nouvelle entité, et par l'attachement de presque toute la classe politique au cadre du département où elle a fait l'apprentissage de la vie politique. Il est plus facile aussi de le conquérir et d'en garder le contrôle. On craint aussi que ne se constitue à la tête des régions une race de grands féodaux capables de tenir tête à l'État. Il y a, dans la suspicion des politiques pour la région, comme une réminiscence de la défiance des souverains capétiens pour les grands feudataires et les princes apanagés. C'est un point sur lequel divergent la classe politique et l'opinion publique, et un élément de plus dans le malentendu entre elles. Le rétablissement de la confiance passe aussi par des modifications dans les procédures électorales. Si, depuis trente ans, le système institutionnel a ainsi subi de très profondes transformations, qui n'en ont pourtant pas altéré substantiellement la nature ni l'inspiration, il est probable que le dernier mot n'est pas dit et que le régime connaîtra encore dans les prochaines années plus d'une modification. S'adapter aux nécessités est pour une Constitution le secret de la durée.

V
DE NOUVEAUX OBJETS POUR LA POLITIQUE

La politique, ce sont aussi des problèmes et des enjeux. La conjoncture à un moment donné se caractérise autant par le nombre et la nature des questions qui se posent ou s'imposent que par le cadre institutionnel, les procédures et le système des forces affrontées. Ainsi, la conjoncture qu'a connue la IVe République a été tout autant définie par la guerre froide, les guerres coloniales, la dépréciation du franc, l'économie à restaurer, que par le tripartisme, la troisième force et la Constitution de 1946. Les problèmes mettent à l'épreuve les institutions; et c'est à leur sujet que se prennent les choix décisifs, que s'opèrent les reclassements, que se précisent les partages idéologiques.

À établir la liste des questions qui ont trouvé leur solution et cessé d'être des enjeux, on pourrait en venir à penser que, le champ du politique se dépleuplant progressivement, le jour ne serait pas éloigné où la politique, s'affranchissant enfin de toute ingérence idéologique, ne sera plus que la gestion rationalisée des choix sur des critères exclusivement techniques en vue de la maximisation des profits pour le plus grand nombre des acteurs : en d'autres termes, une politique purement rationnelle élaborée par les spécialistes. Illusion et utopie car, si des questions qui ont occupé une place étendue sont progressivement repoussées à l'extérieur de l'espace politique, d'autres s'en ouvrent l'accès, les unes discrètement, d'autres y faisant une entrée fracassante. On peut être assuré que la politique ne manquera jamais d'objets. Au besoin, elle en inventerait, mais on n'en est pas là.

Grossièrement, les problèmes qui deviennent des objets politiques procèdent de deux origines, entre lesquelles il y a des interférences. Certains s'imposent aux politiques qui ne les ont ni choisis ni suscités : quand un gouvernement doit réduire l'inflation ou contenir la poussée du chômage, secourir une catégorie socioprofessionnelle en difficulté, ou encore faire face à une menace extérieure, ce sont autant d'impératifs dont l'urgence ne se discute pas. Mais il est aussi des questions qui n'ont pas ce caractère contraignant et qui relèvent plus directement de l'initiative des politiques : une réforme du régime de la propriété, ou un changement institutionnel. Il eût été possible de faire l'économie de tels débats en s'abstenant simplement d'inscrire au programme de l'action gouvernementale tel projet de réforme ou en acceptant de mettre fin à une controverse qui se prolonge au-delà des circonstances qui l'avaient suscitée. Cette seconde catégorie de problèmes représente la part plus ambitieuse de la volonté d'un groupe humain de prendre son destin en main, d'infléchir le cours de l'histoire, de changer la vie.

La différence entre ces deux types d'objets correspond à des conceptions différentes de l'action politique, qui s'inscrivent dans un débat de fond sur les fins de celle-ci. Selon qu'on privilégie la résolution empirique des problèmes concrets qui requièrent l'attention des politiques au jour le jour, ou qu'on attend de la politique qu'elle transforme l'existence des hommes et fasse le bonheur des individus, on opte pour des visions radicalement différentes. La distinction de ces deux dispositions ne coïncide pas avec la division droite-gauche : il y a, d'un côté comme de l'autre, des visionnaires et des réalistes, des idéalistes et des pragmatiques, des esprits intransigeants et des hommes qui s'appliquent à résoudre au mieux les difficultés concrètes. Les deux conceptions ne s'excluent pas totalement : impossible de pratiquer une gestion même aussi pragmatique que possible sans se fixer certains objectifs, ni se référer à quelques valeurs inspiratrices, et inversement, même les esprits les plus systématiques ou les plus chimériques, si les circonstances les portent au pouvoir, se voient bien obligés de tenir compte de certaines contraintes, de composer avec la nature des choses, de rechercher un compromis entre le souhaitable et le possible.

Les questions se renouvellent. La société évoluant, de nouveaux problèmes surgissent que n'avaient pu connaître les générations précédentes : on ne pouvait au temps de la Révolution de 1789 prévoir les conséquences de la révolution industrielle, pas plus qu'au début de ce siècle imaginer les questions qui découleraient des progrès foudroyants de la biologie et de la génétique. L'espace du politique n'est pas délimité une fois pour toutes : ses contours sont mouvants. Il se dilate ou se rétracte selon les temps et selon les questions aussi. Certaines sortent du champ, d'autres y pénètrent. Notre époque se caractérise par un afflux de questions nouvelles.

L'apparition de nouveaux objets dans le champ politique n'est pas le moindre des changements qui bousculent présentement la relation des Français à la politique : les effets en sont aussi importants que le changement des institutions ou les bouleversements du système des forces politiques, bien qu'on lui prête moins d'attention; on ne s'étonnera donc pas que nous lui dédions un développement un peu étoffé. Sans viser à recenser tous les nouveaux objets du politique, énonçons quelques-uns de ceux dont il est raisonnable de penser qu'ils orienteront les débats dans les années à venir et qu'ils contribueront à redessiner les partages idéologiques.

Le corps et la vie

Au premier rang, vient ce qui touche à la santé du corps et à la vie. Les fabuleux progrès de la connaissance, dans les dernières décennies, en biologie, en chirurgie, en génétique, ont ouvert au pouvoir de l'homme sur la vie, la santé et sur son corps des possibilités qui bouleversent des données qu'on tenait pour intangibles : la greffe sur un corps d'organes prélevés sur un autre, vivant ou mort, la procréation assistée, les expériences sur les fœtus, la possibilité de modifier des gènes et la prévision des maladies inscrites dans le code génétique posent des questions auxquelles ni la morale traditionnelle ni le droit positif ne donnent de réponses. Force est donc d'en inventer, et c'est aux politiques qu'il incombe de prendre position sur des sujets dont aucun de leurs prédécesseurs n'aurait pu imaginer qu'ils puissent relever de la décision d'un gouvernement ou d'un vote du Parlement : qui aurait pu concevoir que le Législateur serait un jour sommé de donner une définition légale du passage de vie à trépas? Une loi a été votée sur les prélèvements d'organe. Plusieurs projets de loi sont en instance devant le Parlement sur l'ensemble de ces questions. Les pouvoirs publics se préoccupent de la protection du génome. C'est parce qu'ils se savent cruellement démunis sur ces problèmes qu'ils s'entourent d'experts. Telle est l'origine du Comité national consultatif de bioéthique. Mais les avis et recommandations des spécialistes ne déchargent pas les politiques de leur responsabilité propre qui est de décider. Si ces questions ne donnent pas encore lieu à des affrontements politiques, nul doute que ce ne soit pour bientôt : on en a déjà un avant-goût avec les passions soulevées et les troubles provoqués par la législation sur l'avortement. Car ces débats ne sont pas seulement d'ordre scientifique et technique : ils comportent des implications d'ordre éthique, et l'éthique n'est pas loin de la politique. Comme Ernest Renan pouvait dire qu'en perçant le canal de Suez Ferdinand de Lesseps avait fixé le lieu des conflits futurs, il n'est pas besoin d'être sorcier pour prévoir que tout ce qui concerne la génétique désigne par avance le lieu de débats idéologiques qui auront des retombées politiques. Le retard du dépôt des projets de loi sur le sujet trouve là une de ses explications. L'interférence entre données objectives et références à des valeurs – respect de la vie, intégrité du corps, droit de la recherche –, la nécessité de dire le droit et de le faire respecter par tous : tous les éléments sont réunis pour constituer ces sujets en objets du politique.

Le phénomène n'est pas particulier à la France : c'est un peu partout que cet ordre de préoccupations débouche dans la vie publique. La Belgique a récemment décriminalisé l'avortement, en partie pour s'aligner sur les autres pays de la Communauté. Le débat sur l'avortement a failli contaminer en Irlande le référendum sur Maastricht. On n'a peut-être pas accordé assez d'attention au fait qu'au moment ultime, la réunification des deux Allemagnes a failli buter sur la différence de législation sur l'avortement, et ce ne fut que partie remise. On sait la place que cette question a prise aux États-Unis dans la campagne électorale pour la présidence : nombre d'électeurs ont subordonné leur choix entre les candidats à leur position sur la question.

Culture et audiovisuel

Autre objet à se tailler une place croissante dans la politique : la culture. La chose est moins nouvelle : c'est un trait spécifique de la France, et depuis fort longtemps, que l'interpénétration de la culture et de la politique. Elle date de la tradition du mécénat royal : les encouragements aux lettres et aux arts et la protection du pouvoir sont des traits aussi caractéristiques du colbertisme que les manufactures royales. La tradition n'a guère connu d'interruption : la IIIe République l'a honorée modestement, sans faste, mais elle a passé commande aux artistes, même si elle a méconnu quelques-uns des plus grands et si son goût paraît douteux à ses successeurs. La IVe République, prolongeant la politique amorcée par le gouvernement de Vichy en faveur notamment de la décentralisation théâtrale, a assuré la transition. Quant à la Ve République, elle a consacré le fait que la culture était de la responsabilité de l'État en créant un ministère de la Culture et en plaçant à sa tête un écrivain visionnaire, l'esprit plein de desseins grandioses. En le nommant ministre d'État, le général de Gaulle honorait l'homme mais aussi les activités dont la tutelle lui était confiée. Aucun des successeurs du général n'a contesté ni trahi l'héritage. Au contraire, chacun a tenu à honneur de laisser une trace monumentale de son règne et d'enrichir le patrimoine architectural et culturel : Beaubourg, le musée d'Orsay et celui de La Villette, la réalisation du Grand Louvre, l'Arche de La Défense, la Grande Bibliothèque, autant de projets ou de réalisations qui tissent un fil continu et sont les enfants du mariage entre la volonté politique et la culture. La culture est une affaire d'État, donc politique.

Et comme toute affaire politique, elle donne lieu à controverse. Représentation de pièces contestataires sur des scènes de théâtres nationaux, colonnes de Buren, deux affaires entre vingt qui ont soulevé des tempêtes. Aujourd'hui, le projet de Grande Bibliothèque divise les intellectuels, la passion s'en est emparée. Ce n'est pas le fait seulement du sommet de l'État et de la grande politique : c'est en de nombreuses villes que la culture est devenue un chapitre de la politique municipale. Un changement important s'est opéré à cet égard en quelques décennies. Jusqu'aux années 60, rien ou presque de ce qui était initiative ou activité culturelle n'intéressait les édiles : à l'exception du théâtre municipal, on dépensait toujours trop ou il n'y avait pas d'argent pour ce chapitre du budget. C'est l'inverse aujourd'hui : il n'y a pas de maire qui n'ambitionne de doter sa ville d'un festival pour lequel il est prêt à engager des sommes importantes; le bilan culturel fait partie des réalisations d'une municipalité. Mais cette heureuse transformation des mentalités a un revers : ce mariage de l'édilitaire et du culturel ne va pas sans malentendus et conflits, semblables à ceux qui opposent dans l'audiovisuel les géomètres aux saltimbanques, doublés de différends idéologiques : en plusieurs villes, des conflits ont éclaté entre directeurs de maisons de la culture, dont les sympathies se portent ordinairement plutôt à gauche, et élus de droite, par exemple à propos de représentations de pièces de Jean Genet ou d'Arrabal.

Cette alliance est elle-même un sujet de débat. Certains esprits, dont Marc Fumaroli a été récemment le plus brillant représentant, estimant que culture et politique sont des réalités antinomiques, se sont élevés contre leur collusion qui ne saurait être que préjudiciable à la liberté de création de l'artiste. Ce n'est pas à l'État, estiment-ils, de choisir entre les créateurs. L'intervention de la puissance publique dans le secteur culturel par toute sorte de moyens, subventions, réglementations, comporte un risque de voir l'État dicter aux artistes leur inspiration. Aussi Marc Fumaroli a-t-il plaidé dans un essai brillant pour une totale séparation qui serait l'extension à ce domaine des principes du libéralisme. Ce débat est une preuve de plus que la culture est bien aujourd'hui un objet et un enjeu politiques.

Il n'est sans doute pas de domaine où l'imbrication de la culture et de la politique soit aussi visible que l'audiovisuel, la télévision surtout car la radio laisse les politiques indifférents. S'ils portent tant d'attention aux médias, c'est moins par une curiosité désintéressée pour la culture qu'en raison de l'influence dont ils les créditent sur la formation de l'opinion. Beaucoup en sont encore à croire que la télévision fabrique l'opinion et conditionne le résultat des élections : s'ils les gagnent, ils le doivent à leurs mérites justement reconnus par les électeurs ; les perdent-ils, c'est la faute de la télévision. Que de fois n'ai-je été, le soir d'élections, témoin de ces réactions de dépit qui ne montraient que trop qu'ils ignoraient toutes les conclusions des études sur le pouvoir de la télévision et ses limites ! Pour douter ainsi du bon sens de l'électeur, il faut être peu démocrate. Quand, au début des années 70, l'UDR perdait du terrain, elle en faisait porter la responsabilité à la décision de Jacques Chaban-Delmas de créer deux unités d'information à l'ORTF, dont l'une avait été confiée à Pierre Desgraupes que la majorité d'alors soupçonnait de n'être pas des siens Mais la gauche à cet égard n'est pas plus tolérante. En conséquence, les gouvernements cherchent tous à garder un certain contrôle sur l'audiovisuel, dont le statut est devenu à la fois un enjeu de pouvoir et un symbole de sa conquête : chaque changement de majorité est suivi d'un changement de statut. Rien de plus expressif que les avatars successifs de l'organisme de contrôle dont le principe est admis depuis 1981 : Haute Autorité de l'audiovisuel en 1981, Commission nationale pour l'information et les libertés instituée par la loi Léotard en 1986, Conseil supérieur de l'audiovisuel depuis le retour des socialistes. Cependant, de réforme en réforme, l'audiovisuel s'est peu à peu émancipé et a conquis son indépendance. Déjà la réforme de 1974 qui substituait à l'ORTF sept sociétés était un progrès. Depuis, les liens se sont desserrés et, sous la pression de l'opinion, la liberté a progressé. La fin du monopole de la radio a permis l'éclosion des radios privées. Mais ce qui touche à la télévision demeure politiquement sensible, et aucun pouvoir n'a complètement renoncé à intervenir, en particulier dans la désignation des présidents de chaîne.

Université et justice

Ce n'est pas d'aujourd'hui, à la différence de la bioéthique ou de l'audiovisuel qui posent des questions inédites, que l'enseignement a partie liée avec la politique : on peut presque dire que ce fut de tout temps. Ils ont une longue histoire commune. Mais leurs rapports se posent aujourd'hui en termes relativement neufs. La querelle n'est plus celle qui dressa si longtemps les catholiques contre l'enseignement public : on a vu que celle-là était pratiquement éteinte depuis 1984. L'aspect le plus aigu du conflit porte depuis 1968 sur l'enseignement supérieur. La disparition de l'université de la IIIe République, compartimentée en facultés séparées qui, comme institution, n'avaient guère d'indépendance à l'égard de l'administration centrale, mais dont les professeurs jouissaient personnellement d'une totale liberté, a laissé des nostalgiques inconsolables et irréconciliables avec l'ordre institué par la loi Edgar Faure, qui établissait des universités pluridisciplinaires et leur concédait un début d'autonomie. À l'opposé, d'autres poursuivaient la chimère d'une université ouverte à tous, sans hiérarchie ni contraintes, où tous seraient à la fois enseignants et enseignés. Le régime des universités est ainsi devenu, comme le statut de l'audiovisuel, un des enjeux qui symbolisent la victoire d'un camp, à défaut d'apporter des réponses pertinentes aux vrais problèmes. La gauche revient-elle au pouvoir en 1981 ? Elle abroge la loi de 1968, qui avait permis de reconstituer un enseignement supérieur sur les ruines de 1968 : avec le temps la sagesse d'Alain Savary fit que la loi adoptée en 1984 était en retrait sur les intentions de la vague rose qui avait déferlé en 1981. Mais ses innovations furent le prétexte pour les éléments les plus conservateurs de la droite, profitant de la victoire de 1986, pour tenter de faire voter un texte qui, sur certains points, revenait en amont de 1968. Les circonstances générales s'opposèrent à leur dessein.

Depuis la décentralisation, qui a transféré aux collectivités locales certaines charges, en particulier les bâtiments, l'enseignement est un enjeu des tensions entre elles et l'État. Les régions demandent à être associées à la décision, notamment sur les implantations et le choix des filières. L'État, n'étant plus à même de porter seul une charge écrasante, sollicite leur concours : dans le cadre du projet « Universités 2000 », les régions participent pour moitié au financement bien que, dans son état présent, la loi ne leur impose aucune responsabilité pour l'enseignement supérieur. Que les questions relatives à l'enseignement soient bien un grand sujet politique, la confirmation en est apportée par les mouvements d'opinion et de foule qu'elles sont capables de provoquer : si ce ne sont pas les seules à inspirer des soucis d'ordre public, elles sont bien les seules qui puissent mobiliser des manifestants par centaines de mille : étudiants en 1968, lycéens à plusieurs reprises, et en dernier lieu en 1989, parents d'élèves pour la défense de la liberté qu'ils croyaient menacée.

Si c'est, par ailleurs, un baromètre fidèle de la pression d'un type de problèmes sur la décision politique que la notoriété et l'impopularité d'un ministre, nul doute que l'éducation ne vienne en bonne place dans la hiérarchie des fonctions qui exposent leurs titulaires aux critiques : depuis une dizaine d'années, il n'est guère de ministre de l'Éducation nationale, quelque sincères qu'aient été ses intentions et en dépit des efforts méritoires entrepris pour apporter une réponse aux problèmes, qui n'ait été vilipendé et pris à partie : d'Alain Savary à Lionel Jospin, en passant par René Monory et Alain Devaquet, la liste des occupants du 110, rue de Grenelle, compte plus de martyrs que de bienheureux : Jean-Pierre Chevènement est le seul à s'en être heureusement tiré; après la tempête de 1984, il lui échut de prendre des mesures d'apaisement dont on lui sut gré à droite, tandis que la gauche laïque lui fut reconnaissante d'avoir rendu des couleurs à l'école de la République en se faisant le chantre de l'élitisme républicain.

Un autre ministre dispute à son collègue de l'Éducation la palme du martyre : le garde des Sceaux. La chose est assez nouvelle et est un exemple de l'attraction progressive au centre du tourbillon politique d'un secteur naguère à l'écart des turbulences. La chancellerie était une position à la fois honorable – le souvenir du temps où le chancelier était un des premiers personnages du royaume lui assigne une place éminente dans l'ordre protocolaire – et paisible; aussi la confiait-on d'ordinaire à un personnage consulaire qui avait plus de passé que d'avenir et qui apportait à un cabinet la caution de son nom et de ses antécédents : charge sans grand pouvoir ni responsabilité. Or le ministère de la Justice est, depuis une bonne douzaine d'années, un poste de première ligne qui essuie le feu de l'opposition et un des plus exposés aux soupçons et aux accusations. La liste de ceux qui se sont succédé place Vendôme est un vrai martyrologe : Alain Peyrefitte, et son projet de loi sécurité-liberté; Robert Badinter, à qui on fit porter la responsabilité des crimes de quelques condamnés qui avaient bénéficié de mesures de libération anticipée; Albin Chalandon; Pierre Arpaillange; Henri Nallet, mis en cause pour ses fonctions antérieures de trésorier de la campagne électorale de François Mitterrand. Tous ont été pris à partie avec une extrême violence et ont vu leurs noms livrés en pâture à l'opinion.

Signe que la justice est désormais au centre de la vie publique. Elle est de la part de l'opinion l'objet d'un intérêt grandissant et d'une exigence de plus en plus rigoureuse, qui expliquent que le jugement sur elle soit si sévère, la déception croissant en proportion de l'attente. Cette évolution est la résultante d'une convergence d'inquiétudes qui reflètent les préoccupations de la société : l'abolition de la peine de mort, la demande de peines de substitution, les progrès de la délinquance, la répression de la criminalité, les inculpations pour de fausses factures, la dénonciation de la corruption et, brochant sur le tout, la dénonciation des vrais responsables de la contamination par le sang transfusé, autant de questions qui nourrissent et relancent sans cesse le débat sur la justice. La judiciarisation croissante de la société civile qui engage notre pays sur la voie où l'ont précédé les États-Unis et que traduit l'explosion du nombre d'affaires déférées aux tribunaux, et la complexité de plus en plus grande de ces causes concourent à cette irruption de la justice dans le champ politique. Sans omettre le succès d'un journalisme dit « d'investigation », qui se soucie comme d'une guigne du secret de l'instruction et qui cherche à gagner de vitesse les magistrats, convaincu d'assumer une fonction indispensable, et qui accrédite indirectement l'idée d'une justice aux ordres, qui occulterait la vérité. Il est peu de secteurs où se vérifie autant que notre culture est une culture du soupçon, légitime ou non, et du doute systématique.

On mentionnera encore deux autres objets choisis pour leur différence : le premier qui montre comment une question ancienne, que tout portait à croire caduque et qui avait effectivement trouvé une solution pour ses données traditionnelles, peut soudain resurgir au cœur de l'actualité politique en termes renouvelés; l'autre qui est l'exemple d'un problème inédit.

Laïcité et identité nationale

Le premier a fait irruption dans la vie publique à l'occasion d'un incident mineur : deux gamines d'une famille marocaine arrivent un jour au lycée de Creil avec sur la tête un carré d'étoffe, signe de leur foi musulmane. C'est le modeste point de départ de l'affaire connue comme celle du foulard islamique. Le port du voile est-il compatible avec la laïcité de l'école publique? Une véritable controverse idéologique va faire rage plusieurs mois entre ceux qui excluent au nom de la laïcité tout signe d'attestation d'une croyance religieuse et ceux qui leur opposent au nom du pluralisme le respect des convictions personnelles et plaident le droit pour les deux adolescentes de se couvrir la tête comme bon leur semble. Si la controverse a pris de telles proportions et si l'opinion a pris feu, c'est pour deux raisons qui concourent à modifier la problématique traditionnelle de la laïcité et remettent en question le *modus vivendi* sur lequel avaient fini par s'accorder les deux camps qui s'étaient si longtemps combattus. D'une part, la gauche est plus divisée du fait de son évolution intellectuelle : elle n'avait pas naguère d'états d'âme à interdire à l'école toute manifestation de croyance religieuse, quand c'était le catholicisme, en vertu d'une conception de la laïcité qui excluait tout sujet de division, mais depuis elle s'est partiellement convertie au pluralisme considéré maintenant comme un attribut et, même mieux, un autre nom de la démocratie. La gauche laïque hésite donc à appliquer à des religions étrangères les restrictions qu'elle n'avait pas de scrupule à imposer aux Français fidèles à la religion qui faisait partie du patrimoine culturel de la France. Aussi les hommes de gauche se sont-ils trouvés, dans l'affaire du foulard, écartelés entre deux définitions de la laïcité. D'autre part, l'initiative des deux lycéennes de Creil posait brusquement le problème de l'Islam en France; plus que la laïcité, c'est l'identité nationale qui était en cause. Or c'est une question qui, sous cette forme ou une autre, tourmente nos concitoyens et qui leur est posée simultanément par le mouvement d'intégration dans la construction européenne, et par l'immigration. De l'affaire de Creil aux passions soulevées par le traité d'Union européenne, il y a continuité : c'est la même interrogation sur le devenir de la nation française, de son histoire, de sa culture.

Espace et nature

L'autre question est bien différente : elle ne comporte à première vue aucune dimension idéologique : c'est celle de l'espace territorial, et de son aménagement. L'utilisation de l'espace est aujourd'hui un enjeu politique. En partie parce qu'il devient un bien rare. Les besoins nés du progrès technologique, en particulier de la révolution des transports, ainsi que l'urbanisation croissante requièrent de plus en plus d'espace : l'extension des aéroports dévore bon an mal an plusieurs centaines d'hectares de bonnes terres arables; la construction d'un réseau de trains à grande vitesse commande des expropriations dans des vallées déjà surpeuplées; les autoroutes, devenues insuffisantes pour l'écoulement d'un trafic dont la croissance est exponentielle, demandent à être doublées. Si la France est peu peuplée, en revanche sa position géographique à la croisée des routes, à mi-chemin entre le nord et le sud de l'Europe, en fait un point de passage obligé. Autant de sujets d'irritation qui provoquent des réactions politiques; les municipalités ferment les mairies, les habitants interrompent la circulation des trains. Le tracé de voies nouvelles, l'agrandissement des aéroports deviennent des problèmes politiques qui donnent lieu à épreuve de force entre intérêts contraires et obligent les gouvernements à des choix difficiles. Sur quel grave problème a achoppé récemment la majorité constituée par les élus socialistes et les représentants des Verts au conseil régional Nord-Pas-de Calais ? Sur la déclaration d'utilité publique des travaux engagés pour l'autoroute A 16.

À ces raisons objectives s'ajoute un facteur idéologique : le courant écologiste. La France était restée à l'écart du mouvement qui touchait ses voisins : elle s'est tardivement émue à son tour des dangers de la civilisation urbaine et industrielle pour les équilibres naturels et la préservation de biens aussi indispensable que l'air ou l'eau. Tout ce qui concerne la défense de la nature et la protection de l'environnement tend à devenir aujourd'hui matière à politique. Les politiques n'avaient pas attendu : avant que les écologistes ne deviennent une force politique, dès le début des années 70, répondant au mouvement de 1968, le président Pompidou avait institué un ministère chargé de la qualité de la vie. Depuis, son administration s'est étoffée, une législation a été adoptée, qui a commencé de porter des fruits. Le récent succès des groupes écologistes aux élections régionales confirme que l'espace et la nature sont des enjeux politiques.

La liste, déjà longue, des questions qui ont pénétré dans le champ du politique pourrait s'allonger encore et comporter bien d'autres thèmes, de la réforme de l'orthographe, qui a fait l'objet de circulaires publiées au *Journal officiel*, réglementant l'usage des consonnes doubles et des traits d'union, à la chasse à la palombe : la directive de la Commission de Bruxelles l'interdisant a provoqué une réaction telle qu'elle a donné naissance au mouvement intitulé « Chasse, pêche, nature et tradition », qui a pu, dans une récente consultation recueillir près de 5 % des suffrages. Quel bel exemple d'un problème qui ne paraît pas initialement avoir la moindre connotation politique et qui est capable d'introduire un nouveau partenaire dans le jeu des forces! La décennie 80 a ainsi vu s'opérer un renouvellement sans précédent des objets politiques, tant par l'extinction de débats antérieurs que par l'émergence de nouveaux enjeux.

Le déclin de l'idéologie

De la plupart de ces questions nouvelles adressées au politique les origines ne sont pas exclusivement objectives, elles ne découlent pas seulement des avancées de la connaissance scientifique ou du progrès technologique. Toutes ou presque comportent aussi un élément d'ordre philosophique ou moral : les décisions attendues du Législateur en matière de biologie et de génétique prendront en compte des considérations éthiques; les exigences de nos contemporains à l'égard de l'institution judiciaire puisent leur principe dans un appétit de justice; il n'est pas jusqu'aux discussions sur l'utilisation de l'espace qui ne se réfèrent à des notions immatérielles, une certaine idée de la nature et des devoirs de l'homme envers elle. Autant de constatations propres à tempérer les outrances du discours aujourd'hui dominant sur le déclin de l'idéologie. Sur ce chapitre aussi, une vue perspective qui s'élève au-dessus du moment présent ménage une appréciation plus juste.

Le crédit ouvert à l'idéologie et sa part dans la décision politique ne sont pas constants. Selon les âges et en rapport avec l'idée qu'un temps se fait du rôle de la politique, selon qu'on n'attend rien d'autre d'elle que de résoudre un par un les problèmes concrets de la vie des hommes en société ou qu'on met en elle l'espoir de changer leur condition, le fléau s'incline d'un côté ou de l'autre. Au cours des quelque cinquante années qui nous séparent aujourd'hui de la fin de la Seconde Guerre mondiale, la France a plutôt connu une inflation idéologique et une surévaluation du politique. On nourrissait alors le rêve d'une grande politique inspirée par des visions grandioses, tournée vers de vastes objectifs, ordonnée à la réalisation d'ambitions généreuses : l'élimination des crises économiques, le plein emploi et la croissance continue, le développement mondial, l'abolition de l'exploitation de l'homme par l'homme, l'édification d'une société sans classes, le partage équitable des richesses entre tous les peuples, la mise hors la loi de la guerre, la libération des peuples assujettis, l'éradication des maux qui affligeaient l'humanité et notamment des grandes épidémies, la diffusion généralisée de l'instruction et l'accès du plus grand nombre à la culture et, pour la France, après le relèvement des ruines, la modernisation de son économie, la restauration de sa grandeur passée. Ces objectifs donnaient un sens à la politique car c'est d'elle, et d'elle seule, que dépendait qu'ils fussent atteints. L'inspiration idéologique du mouvement de 1968 a encore amplifié l'attente de la politique : si elle contestait la politique telle qu'elle était pratiquée elle postulait que la politique était un préalable obligé à la résolution de tous les problèmes ; on retrouvait ainsi par un détour inattendu l'aphorisme maurrassien sur « le politique d'abord ». Tout était politique, y compris les questions apparemment les plus étrangères à la politique. Plus d'un chrétien n'allait-il pas alors jusqu'à faire de l'engagement politique, pourvu qu'il fût correct, le vérificateur de l'authenticité de sa foi? L'idéologie exerçait une domination à peu près sans partage.

De cette surévaluation des fins et des possibilités de la politique comme de l'engouement pour les grands systèmes idéologiques, les Français paraissent aujourd'hui bien revenus. Leur désenchantement est une composante de cette désaffection à l'égard de la politique dont les observateurs relèvent les symptômes. Phénomène parfaitement naturel que cette retombée des espoirs – et des illusions. À trop attendre de la politique, comment ne pas être déçu ? La politique n'a pu tenir les promesses faites en son nom. Les inégalités persistent entre les hommes, les classes, les peuples : elles ont même empiré. L'objectif d'un développement universel s'éloigne et semble inaccessible à vue humaine : certains pays s'enfoncent inexorablement dans le sous-développement. Si certaines épidémies ont reculé, le sida ravive les grandes épouvantes ancestrales. La guerre n'a pas été extirpée des relations entre les États. L'homme, en découvrant les limites de son pouvoir, se prend à douter de la politique et à croire à la fatalité. En introduisant chaque jour dans tous les foyers les images des guerres, de la famine, du terrorisme, de la violence, la télévision contribue involontairement à accréditer une vision pessimiste qui implique un sentiment d'impuissance devant les fléaux.

En outre, la découverte de la face cachée des régimes inspirés du marxisme-léninisme a fait prendre conscience que des idéologies qui se proposaient de faire le bonheur de l'humanité avaient fait le malheur des hommes. La volonté de changer la condition des individus conduit au totalitarisme. Ne vaut-il pas mieux renoncer à la modifier et laisser chacun organiser son existence à sa guise ? De ces découvertes a résulté une révision en baisse de la politique, de ses objectifs, de ses possibilités et, par voie de conséquence, de la place à lui faire dans ses pensées et dans ses engagements. Elle n'est plus cette activité éminente à laquelle des militants, par centaines de mille, ordonnaient toutes leurs préoccupations et à laquelle ils consacraient leur temps et leur générosité. Cette relativisation s'est répercutée sur le débat public : il n'est plus question de choix de société comme en 1981.

Ce serait néanmoins prendre sur l'avenir un pari imprudent que d'induire de ces remarques que le temps des idéologies est révolu. Elles ne prendront peut-être pas la forme qu'on leur a connue, de ces systèmes qui avaient l'ambition d'expliquer le monde, de ces philosophies globales tendanciellement totalitaires par leur prétention à la scientificité; mais le déclin des idéologies n'est pas la disparition d'une certaine fonction idéologique qui inscrit les choix politiques dans une vision d'ensemble. Au reste, tous n'ont pas renoncé à de vastes ambitions pour la politique. En juillet 1992, six jeunes parlementaires socialistes signaient un texte qui réaffirmait leur conviction que transformer la société restait une exigence politique. Comment soutenir sérieusement la thèse de la mort de toute idéologie au lendemain de l'ardente controverse qui a passionné la majorité des Français et divisé la plupart des familles politiques à l'occasion du référendum sur la ratification du traité d'Union européenne? S'il y a une leçon à retirer de l'événement, c'est bien que le temps n'est pas clos des disputes idéologiques. La politique ne peut se passer durablement de références à des valeurs qui transcendent les choix purement pragmatiques : elle est une activité de tout l'être, et pas seulement de sa faculté de calculer le rapport entre une décision et ses effets matériels, mais aussi de l'imaginaire, de la mémoire, de la sensibilité, de la conscience morale.

Irruption de l'éthique

Si l'idéologie a régressé, le vide qu'elle laisse a été partiellement comblé par autre chose que depuis quelques années on baptise « éthique ». Le mot a connu une fortune soudaine et certainement bénéficié d'un effet de mode. « Éthique » présente l'avantage d'être moins démodé que « morale » et de ne pas souffrir de la même connotation négative. Mais, au-delà de ces raisons superficielles, se devine une inquiétude sincère, on perçoit une aspiration authentique à une réflexion qui transcende les analyses factuelles. La demande d'éthique provient de tous les milieux et déborde largement le politique. Elle s'est manifestée d'abord à propos des questions inédites et passablement déconcertantes qui surgissaient du progrès de la biologie et de la génétique, et ce n'est pas un hasard si la première instance créée à l'initiative des pouvoirs publics pour formuler des avis éthiques a été le Comité national consultatif de bioéthique et si c'est le seul domaine à ce jour pour lequel a été forgé un terme qui rapproche une science – la biologie – et l'éthique. La requête d'éthique s'affirme aussi en économie devant le développement de nouvelles pratiques financières; et dans les relations internationales, avec le projet d'édifier un nouvel ordre mondial, la reconnaissance du droit et même du devoir d'ingérence, qui n'est que l'application aux rapports entre États de principes moraux depuis longtemps reconnus à l'intérieur des sociétés. Cette exigence, elle était implicite aussi dans l'attention à ce qui touche l'exercice de la justice. De tous ces secteurs, la politique ne peut être entièrement absente puisqu'il lui échoit de définir des règles et de les faire respecter. L'exigence d'éthique s'applique également à la politique elle-même et à ceux qui la font : la désaffection pour la politique dont on a relevé des indices trouve une de ses causes dans la conviction qu'elle est malhonnête; pour la réhabiliter dans l'esprit public, rien de plus urgent ni de plus nécessaire que de l'assainir. Il est significatif qu'un Premier ministre ait cru, dans sa déclaration liminaire au Parlement, devoir faire de la lutte contre la corruption un des trois axes de l'action de son gouvernement.

Religion et politique

S'il y a un domaine où se vérifie particulièrement que la politique, c'est le changement, c'est bien celui des relations entre religion et politique. Qu'est devenu ce facteur qui a exercé une telle pesée sur notre histoire politique, sur les choix personnels, les débats, les conflits? Il n'y a plus de question religieuse si l'on désigne ainsi le contentieux entre l'État et l'Église : les citoyens ne se déterminent plus en politique en fonction d'elle. Le partage entre droite et gauche ne coïncide plus avec la division entre fidèles de l'Église et anticléricaux. Le sentiment prévaut que la religion n'est plus aujourd'hui un facteur qui compte; notre société est sécularisée, l'Église a perdu le moyen d'influencer les décisions et du reste elle ne le souhaite plus : ne dit-on pas que les églises sont vides et que les fidèles eux-mêmes ne tiennent plus guère compte, même dans leur vie privée, de l'enseignement du magistère? En sens inverse, il est vrai, des voix s'élèvent pour signaler un retour du religieux, ou pour pronostiquer qu'il tirera bénéfice du déclin des idéologies.

Si, s'écartant des lieux communs sur la déchristianisation ou des généralisations hâtives, on scrute de plus près la réalité des comportements et que l'on sonde leurs motivations, on découvre que le facteur religieux garde une importance plus grande qu'on ne le dit, qu'il n'a pas épuisé son efficacité et qu'il reste un élément de la vie sociale et politique. Ne serait-ce que statistiquement, ce qui n'est pas dénué d'importance politiquement : la décision ne se prend-elle pas au terme d'un rapport numérique? Les ordres de grandeur ne sont pas ceux qui paraîtront dans les médias. Peut-être parce que les communautés religieuses se font aujourd'hui une règle de la discrétion, par réaction contre le triomphalisme dominateur qui inspirait naguère leur conduite. Sait-on par exemple que s'assemblent encore chaque dimanche, dans les dizaines de milliers d'églises de France, entre trois et quatre millions d'adultes, d'hommes et de femmes, pour entendre la liturgie de la parole et prier ensemble? Pour emprunter au politique un terme de comparaison qui ne vaut que ce qu'il vaut, c'est quarante ou cinquante fois le total des adhérents du Parti socialiste et près de cent fois le nombre de ceux qui ont pris part à la récente consultation dans les sections du PS sur la réforme des statuts et la rédaction d'un nouveau programme. Or le volume de l'information consacrée à ces deux ordres de faits est en raison inverse. Assurément, les deux faits ne sont pas de même nature et n'appellent ni même analyse ni même jugement, mais le rapprochement pourrait conduire à quelques réflexions sur l'importance du fait religieux dans une appréhension globale de la vie politique, qui le réévalueraient.

Certes, la religion n'est ni l'idéologie ni la politique. Mais elle peut se constituer en idéologie ou donner naissance à un complexe idéologico-religieux. Ce fut le cas en France au XIXe siècle avec le catholicisme contre-révolutionnaire, intransigeant, ultramontain qui a amalgamé l'adhésion de foi au dogme à une philosophie politique et à une vision conservatrice de la société. Aujourd'hui, l'intégrisme catholique est autant une idéologie politique qu'une expression religieuse : à preuve les affinités déclarées entre le Front national et les disciples de Mgr Lefebvre.

Que l'appartenance religieuse puisse avoir des incidences sur les orientations politiques, il n'est pour s'en convaincre que de retracer l'itinéraire d'un certain nombre d'hommes politiques et d'examiner les raisons et les circonstances qui ont préparé leur entrée en politique. On savait déjà – et les historiens comme les sociologues le reconnaissent – la part que les militants venus des mouvements confessionnels d'action catholique spécialisée ou du scoutisme, catholique ou protestant, ou encore du syndicalisme chrétien ont prise, dans les vingt-cinq ans qui ont suivi la fin de la guerre, à la transformation de la société française, à sa modernisation, à sa démocratisation : pas seulement dans le monde rural où leur action a été si notoire qu'elle s'est imposée à l'attention des plus distraits, mais sur l'ensemble de nos structures et des comportements collectifs. Aujourd'hui encore, même dans la plus jeune génération, les hommes politiques sont nombreux venus à la politique par une démarche dont l'origine a été religieuse : ils ont d'abord conçu l'engagement en politique comme un prolongement et un impératif de leur foi ; ils ont contracté dans les organisations confessionnelles le désir d'une action au service d'autrui, le sens de l'intérêt général, souvent dénommé bien commun, et du service public. Ils y ont aussi appris que la politique postulait une vision d'ensemble et qu'elle devait être globale. Peu importe qu'ensuite ils soient restés fidèles à leurs convictions d'adolescents ou qu'ils s'en soient détachés et aient cessé toute pratique religieuse, que dans leur vie privée ils aient pris des libertés avec la morale catholique : l'important pour la vie politique est que leur personnalité ait été structurée par cette expérience première. Le fait se vérifie à gauche comme à droite ; chez des ministres socialistes aussi bien que chez ces cadets de la droite dont Jacques Frémontier s'est fait l'entomologiste.

Les enquêtes d'opinion apportent d'autres indices aussi probants de l'impact des croyances religieuses sur les comportements politiques. Ainsi, les études de corrélation montrent de la façon la plus claire que, si les catholiques intégristes votent massivement pour Jean-Marie Le Pen, le taux des autres catholiques, catalogués comme réguliers et fidèles à l'Église du Concile, qui votent Front national est assez sensiblement inférieur à la moyenne nationale, et naturellement plus encore comparé à l'ensemble du corps électoral, après en avoir été défalqués. Comment ne pas voir dans cet écart une présomption que leur éloignement du Front national est en rapport avec leur appartenance à une Église dont les pasteurs ont dénoncé la tentation de l'égoïsme national et le danger du racisme? Un deuxième exemple renforce cette supputation : chaque année, le Comité catholique contre la faim et pour le développement, plus connu par son sigle, CCFD, reconnu par l'Église comme son ministère de la Coopération, fait procéder à une enquête sur la pratique de la solidarité des Français à l'égard des pays plus pauvres, dont les résultats sont publiés par *Le Monde*. Ce « baromètre de la solidarité » montre que, si à droite on est plutôt réservé sur le principe de l'aide à apporter à des peuples qui ne s'aident pas eux-mêmes, et si à gauche on tient un discours favorable à l'aide mais qui n'est pas toujours suivi d'effets, les catholiques réguliers sont les seuls à mettre leur comportement en accord avec leurs déclarations. La parenté inattendue entre la carte des « oui » au référendum sur l'Union européenne et la carte bien connue des régions de forte pratique religieuse a frappé tous les observateurs et donné à penser qu'on se pressait trop de croire que le facteur religieux avait cessé de jouer un rôle dans les choix politiques.

Évoquant les rapports entre religion et politique, nous n'avons encore eu en vue que le christianisme. Longtemps, en effet, la question ne se posait que par rapport à lui et singulièrement au catholicisme : il en reste encore quelque chose aujourd'hui. Mais la problématique du sujet ne peut plus être aussi exclusive. D'autres communautés de croyances différentes s'inscrivent dans la société française et l'espace politique. S'il ne peut plus y avoir de question juive au sens que lui donnaient les antisémites, en dehors des controverses suscitées par une poignée de négationnistes et de la douloureuse controverse sur la responsabilité de l'État français dans le concours apporté à l'exécution du programme d'extermination du IIIe Reich, la présence dans l'hexagone d'une communauté juive deux fois plus nombreuse qu'en 1939, forte de quelque six cent mille membres, vivante, qui a retrouvé son identité et entend la préserver, dont la majorité est venue d'Afrique du Nord, constitue un fait nouveau. Autorise-t-il à parler, comme on l'a fait, d'un vote juif, comme si l'ensemble de la communauté votait en bloc? On a insinué qu'en avril 1989 il avait contribué à chasser le général de Gaulle pour le punir de sa déclaration sur le peuple juif. On a redit, douze ans plus tard, que les Juifs avaient voté contre la réélection de Valéry Giscard d'Estaing pour sanctionner son silence au moment de l'attentat de la rue Copernic. Comme chaque fois où le résultat est acquis de justesse, la tentation est naturelle de chercher à identifier la (ou les) minorité(s) qui a (ont) fait la différence. Mais il n'y a pas plus de vote juif que de vote catholique ou protestant : le pluralisme est la loi. Reste cependant une donnée spécifique : l'existence de l'État d'Israël auquel les Juifs portent naturellement une affection particulière légitime. L'attitude du gouvernement français à l'égard d'Israël et de sa sécurité peut devenir un critère de choix politique. À cet égard, quelques propos imprudents pour un soutien inconditionnel à la politique de Jérusalem tenus par certaines autorités du monde juif pourraient heurter les Français attachés à l'indépendance de leur pays et qui ne seraient pas plus disposés à tolérer que d'autres Français fassent pression sur la politique de la France qu'ils ne l'admettaient naguère des catholiques faisant campagne sur la question romaine en faveur du pouvoir temporel du pape, ou des communistes se déclarant inconditionnellement solidaires de la patrie des travailleurs. Ainsi, quand le grand rabbin Sitruk déclare à Jérusalem : « Chaque Juif français est un représentant d'Israël » (juillet 1990), ou encore, dans un interview au *Figaro-Magazine* (6 septembre 1990) : « Le devoir moral de tout Juif consiste à exprimer sa solidarité à Israël. »

Nous avons déjà rencontré les questions qui découlent de la présence en France de plusieurs millions de Musulmans. Fait tout à fait nouveau : la France n'avait auparavant de rapports avec l'islam que dans ses prolongements outre-mer. Le problème est d'une tout autre nature que pour les autres confessions et singulièrement plus délicat car il ne se réduit pas à la dimension religieuse. Celle-ci trouverait aisément sa solution, si elle était seule : on appliquerait à l'islam le régime qui s'est peu à peu établi pour les autres religions. Mais l'Islam est aussi une culture, un mode d'organisation sociale, dont les principes sont fort éloignés des notions de « liberté » et de « laïcité », qui sont devenues la règle de notre société. La construction d'une mosquée dans nos villes susciterait moins d'opposition si elle ne signifiait pas aux yeux des habitants l'inscription visible dans l'espace d'une culture qu'ils jugent étrangère. Que la présence de cette population ait une incidence sur la vie politique, la montée du Front national, la fascination, ou la séduction, qu'il a exercée sur les autres formations, les prudences de langage ou les concessions à certains de ses thèmes que plusieurs ont cru devoir faire en sont la preuve en même temps que le signe de l'impact sur la vie publique de ce phénomène religieux.

Conclusion

LA FRANCE EST-ELLE TOUJOURS LA FRANCE?

Nous voici au terme de cette investigation des principales composantes de notre système politique : quel diagnostic porter sur son état de santé et plus précisément sur la relation entre les Français et leur politique? Qu'il y ait crise, comment en douter? À vrai dire, le constat n'a rien de bien original : comme la santé du corps humain est un état précaire, l'harmonie du corps social aussi est exceptionnelle. Rien de plus banal qu'une situation critique en politique : ce serait plutôt l'absence de tout symptôme de crise qui serait surprenante. Mais, si l'état de crise ne fait guère de doute, il est plus difficile d'en évaluer la gravité, plus délicat aussi d'en préciser l'objet et plus hasardeux encore d'en pronostiquer l'évolution.

La crise ne me paraît pas remettre en question la démocratie : ni la notion ni ses fondements. Ceux-ci sont même mieux assurés, et l'idée est acceptée comme jamais. L'horreur qu'inspire le souvenir des régimes totalitaires, la faillite des idéologies qui faisaient le procès de la démocratie libérale dite « bourgeoise » ont conforté la démocratie pluraliste, ne serait-ce que de façon négative : tout plutôt que de revoir pareilles abominations. Et pourquoi pas la démocratie qui, si elle a bien des défauts et si sa pratique laisse à désirer, préserve au moins le pays de tomber dans de tels errements? Les institutions qui nous régissent ne sont pas davantage contestées : si leur fonctionnement suscite des réserves, si certaines dérives inquiètent, les critiques ne touchent pas à l'essentiel : ni à la prépondérance de la fonction présidentielle, ni à la responsabilité du gouvernement devant l'Assemblée, ni à ce mixte, qui est le trait original de notre régime, de présidentialisme et de parlementarisme, ni moins encore assurément au principe du suffrage universel pour l'attribution de tous les pouvoirs et l'arbitrage en cas de désaccord entre eux.

Je n'en dirai pas autant pour les hommes. À l'inverse de ce qu'on a connu sous les précédentes républiques, où l'opinion disculpait les individus de la responsabilité d'une pratique dont elle imputait les défauts aux institutions, sous la Ve République la critique épargne les institutions mais n'en est que plus sévère pour les hommes. Certes, cette crise tient largement à des circonstances passagères et au bruit fait autour de quelques affaires qui jettent le discrédit sur le personnel politique, mais, même temporaire, cette perte de confiance est redoutable : de proche en proche elle atteint tout le système car il n'est pas aisé en politique de dissocier les décisions prises de la personnalité de ceux qui les ont conçues et de disjoindre les mesures de ceux qui les mettent en œuvre.

C'est la politique même qui est l'objet principal et le point focal de la crise. Le citoyen ne discerne plus clairement quelles sont sa nature, l'étendue de ses compétences, la réalité de son pouvoir sur les hommes et les choses. Ballotté entre le discrédit systématique de la politique, tenue pour responsable de tous les maux de notre société ou dont on soutient au contraire qu'elle ne fait que mettre en forme un rapport de forces, et une surévaluation qui attend d'elle l'amélioration de la condition des hommes, le citoyen ne sait plus à quel niveau la situer dans l'échelle des activités humaines.

Agitation en surface d'individus qui feignent de diriger une évolution qui leur échappe et dont ils ignorent où elle les entraîne, ou démiurges disposant du pouvoir de faire le bonheur de leurs semblables ou le malheur de l'humanité? Le morcellement des programmes en une poussière d'objectifs parcellaires, qui rétrécit l'horizon politique à des actions ponctuelles, est un signe entre autres du désarroi de l'esprit à propos du politique. L'abandon de ce qui est un caractère constitutif – inscrire toute décision dans une perspective globale, définir des priorités, arrêter des choix volontaires – est une conséquence du reflux des idéologies dont l'opinion retient qu'outre leur impuissance à conjurer les crises de l'économie et à faire reculer la misère, elles dégénèrent en oppression et provoquent des massacres sur une grande échelle.

Cependant, le discrédit qui frappe par contrecoup tout projet généreux ne signifie pas la fin de toute idéologie, ni moins encore l'atrophie de la fonction idéologique. La politique, à quelque niveau que ce soit, du choix d'un représentant jusqu'aux décisions qui engagent le destin d'un peuple, ne peut se passer de la référence à quelques idées directrices et à quelques valeurs inspiratrices. C'est un préjugé pernicieux que l'idée que rien de bon ne saurait venir d'une vision globale : s'il y a des idéologies néfastes qui ont entraîné l'humanité dans des impasses, il en est qui proposent à la décision des repères indispensables. Au reste, le spectacle de notre vie politique montre que la fonction idéologique n'est pas tombée en désuétude : ce qui a séparé les deux courants de la famille écologique est d'ordre idéologique; l'argumentation de Jean-Marie Le Pen fait appel à des résonances idéologiques; et les controverses de ces dernières années sur les choix de politique étrangère, à propos de la guerre du Golfe ou du traité de Maastricht, sur le devoir d'ingérence ou sur la Yougoslavie, sont autant de débats proprement idéologiques.

L'état de crise, disions-nous, est pour la politique un état habituel; le phénomène est donc récurrent. Mais est-ce toujours la même crise? En d'autres termes, celle où nous nous débattons n'est-elle que simple réitération de celles qui l'ont précédée, ou assemble-t-elle dans une configuration inédite des traits anciens et des données neuves? Quel est, par ailleurs, son degré de gravité, comparé aux crises antérieures du système politique?

Sommé de répondre à ces questions, l'esprit balance entre deux inclinations qui varient d'un individu à un autre selon son degré d'information et la nature de sa relation à l'histoire. Le plus grand nombre, qui n'a qu'une connaissance sommaire et nécessairement fragmentaire des antécédents, est porté à croire que la situation qu'il vit est sans précédent, et à lui attribuer en conséquence une gravité exceptionnelle puisqu'elle serait la première de la sorte. Cette propension est aujourd'hui grandement encouragée par le penchant de l'information pour l'inflation des qualifications et le grossissement de l'événement : tout incident est réputé historique, le moindre changement est décrit comme un tournant d'une portée incalculable. Les médias amplifient à coup sûr la crise présente. Je ne leur ferai pas l'injuste procès que leur intentent les politiques, naturellement enclins à les rendre responsables de tout ce qui leur advient de désavantageux. Mais il ne me paraît pas douteux que leur influence grandissante, singulièrement celle de la télévision qui introduit quotidiennement la cuisine politique au domicile de chacun, est pour beaucoup dans le malaise actuel : ils confèrent un retentissement, souvent démesuré, à des affaires qui n'en méritent pas tant et surtout ils font croire que la politique est faite de scandales. Le journalisme dit « d'investigation » entretient une culture du soupçon.

En sens inverse, ceux dont c'est le métier ou la disposition d'esprit d'inscrire le moment présent dans la durée tendent à relativiser toute crise en la rapprochant des précédentes. La montée du Front national évoque immanquablement pour eux le poujadisme, d'autant qu'ils se souviennent que Jean-Marie Le Pen a fait son entrée en politique, il y a quelque trente-six ans, sous l'étiquette Union et Fraternité française qui était la dénomination des listes se réclamant de Pierre Poujade. Remontant plus haut dans le passé, ils lui trouveront des analogies avec les ligues de l'entre-deux-guerres ou avec le boulangisme. À propos des affaires, ils ne manqueront pas de rappeler la litanie des scandales qui ont défrayé la chronique sous les IVe et Ve Républiques. Et ainsi de suite. Or, si certaines ressemblances jettent bien un trait d'union entre des époques différentes, elles ne doivent pas occulter les différences qui font la nouveauté de la nôtre : le Front national n'est pas le poujadisme, et le mécanisme des affaires actuelles ne rappelle que de loin celui des scandales d'antan.

C'était notre ambition que de démontrer que la politique a beaucoup changé : dans toutes ses composantes. Les institutions ont changé et ce changement a été accepté : la règle du jeu n'est plus sérieusement contestée. On admet que la loi doive être conforme aux principes généraux du droit et qu'une instance ait compétence pour en juger. Les philosophies politiques qui inspiraient les choix essentiels ont perdu de leur éclat. Les grands débats qui dominaient la politique se sont éteints. À leur place surgissent des questions dont la nouveauté laisse responsables et citoyens sans repères. Tous ces changements sont à notre avis un élément déterminant de la crise actuelle du politique.

Le lecteur aura peut-être remarqué qu'à chaque étape de notre itinéraire à travers le système politique, une question s'est présentée qui concerne la comparaison dans l'espace : ce qui a si longtemps fait l'originalité de notre vie politique, et son attrait, n'est-il pas en train de disparaître? Cette mutation dont nous avons détaillé les principaux aspects, ne serait-ce pas la fin d'une histoire qui réussissait la gageure d'être à la fois atypique et exemplaire, singulière et de portée universelle et qui lui assurait un rayonnement dont ce n'est pas être chauvin que de constater qu'il était plus étendu que celui de la plupart des autres pays? Par-delà l'intérêt que la question peut susciter dans le cercle restreint des spécialistes, l'enjeu est d'importance : il ne s'agit de rien moins que de notre identité nationale et de sa survie. Car une nation n'exprime pas moins sa personnalité profonde par son comportement politique que dans sa littérature, sa cuisine ou son cinéma : chaque peuple entretient avec la politique une relation originale, héritage de son histoire, qui façonne son être; aussi l'examen des attitudes politiques de ses citoyens comme de leur degré de participation est-il une voie d'accès à la compréhension de la spécificité française. Si cette singularité s'efface, n'est-ce pas un signe annonciateur de la disparition comme nation? La France sera-t-elle encore la France si plus rien ne distingue sa vie et son système politiques de ceux des autres grandes démocraties?

Dissipons d'entrée de jeu une cause de malentendu : la question ne doit rien au processus de la construction européenne. Sans l'Acte unique, et sans le traité de Maastricht, elle ne se poserait pas moins. Elle est la résultante des changements internes que nous avons relevés et d'un mouvement qui emporte toutes nos sociétés occidentales et tend à réduire les écarts entre elles.

Qu'est-ce qui faisait traditionnellement l'originalité de notre vie politique? La conjonction de sept ou huit traits que le génie de notre peuple avait au long de son histoire portés à un point extrême. Une instabilité gouvernementale chronique qui a élevé à une centaine le nombre des cabinets sous la IIIe République et réduit sous la IVe à huit mois la durée de vie moyenne d'un ministère : cette précarité était certes en partie compensée par la pérennité des hommes et la stabilité de notre administration centralisée, mais elle n'en avait pas moins des effets délétères sur l'esprit public et sur notre réputation à l'étranger : la prépondérance de la représentation nationale sur l'exécutif, à laquelle il n'avait pu être remédié en dépit du mouvement d'opinion en faveur d'un parlementarisme rationalisé qui aurait rétabli l'équilibre, et malgré les intentions des constituants de 1946; le nombre des formations politiques, rarement inférieur à dix ou douze, qui leur interdisait à toutes l'espoir d'accéder jamais à une majorité absolue, d'où la nécessité de ces majorités de coalition, associant au minimum trois ou quatre partis, aucun n'ayant jamais atteint la barre des 30 %, et la plupart se tenant dans la tranche entre 10 et 20 %; la supériorité pendant plus de trente ans du Parti communiste sur tout autre parti par le nombre des adhérents, leur discipline et leur dévouement, comme par la stabilité de son électorat. Plus caractéristiques encore peut-être, un goût invétéré pour les controverses de principe qui transformait tout débat politique en affrontement idéologique; une propension à théoriser les divergences et à extraire d'une situation particulière les implications générales, qui s'étendait à tout, y compris à la règle du jeu, ce qui suscitait la contestation de la Constitution par des oppositions déterminées, systématiques, dont l'addition approchait parfois de la majorité; un partage de la société politique en deux blocs affrontés dans un duel sans concessions, poursuivant de génération en génération, depuis deux cents ans, à travers tous les régimes, leur antagonisme irréductible et excluant toute recherche de compromis, toute voie moyenne. Dans cette guerre de religions, le débat sur la laïcité occupait une place centrale et le conflit avait été tranché par une séparation du religieux et du politique, plus radicale que dans tous les pays voisins.

Au seuil de la dernière décennie du siècle, que subsiste-t-il de ces traits entre lesquels l'histoire avait tissé des liens étroits qui composaient un système cohérent?

La Constitution de la Vᵉ République a jugulé l'instabilité : en un tiers de siècle la France n'a eu qu'une douzaine de Premiers ministres : sous les régimes précédents, au rythme où le Parlement les remplaçait, elle en aurait usé une cinquantaine; la durée moyenne d'un chef de gouvernement est ainsi approximativement quatre fois plus longue que celle de ses infortunés prédécesseurs, et encore plusieurs n'ont-ils cédé la place qu'en raison du changement de président. Mais pourquoi prendre les Premiers ministres pour repères, puisque c'est le président de la République le véritable détenteur du pouvoir? Un peu plus de trente ans après l'élection du premier président de la Vᵉ République, c'est seulement son troisième successeur qui règne à l'Élysée, et encore le mandat de Georges Pompidou a-t-il été abrégé par la mort. La suprématie du Parlement a fait place à la prépondérance, parfois écrasante, de l'exécutif. La reconnaissance du principe de la supériorité du droit sur la loi modifie la hiérarchie des normes et le contrôle par une instance juridictionnelle de la conformité des lois à la Constitution a rompu avec une tradition aussi ancienne que la naissance du gouvernement représentatif. Combinée avec d'autres dispositions, la pratique répétée trente ans et étendue à la plupart des consultations du scrutin majoritaire avait modifié le système des forces politiques, réduisant le nombre des partenaires à quelques-uns et permettant par deux fois à une seule formation de réunir une majorité absolue et d'atteindre un taux d'électeurs inconnu auparavant : 38 % pour l'UDR en juin 1968, et pour le PS en 1981. Plus décisif encore, l'abandon de la centralisation administrative qui était comme la seconde nature de notre Constitution et que tous les régimes sans exception s'étaient depuis des siècles attaché à renforcer. Qui, aujourd'hui, en dehors de quelques nostalgiques du jacobinisme, songe à revenir à l'état antérieur? La droite n'a qu'un regret : avoir laissé à la gauche le bénéfice moral de cette révolution.

Le goût de la controverse, la passion des affrontements? S'ils n'ont pas diminué dans la classe politique, il semble que le corps social n'ait plus de complaisance pour les combats de gladiateurs. Presque toutes les grandes querelles qui ont nourri l'histoire et entretenu les divisions se sont progressivement éteintes, soit qu'elles aient trouvé une issue amiable, soit qu'elles aient perdu leur raison d'être, et presque personne, en dehors de quelques attardés, ne souhaite vraiment les ranimer. Y compris la plus ancienne et la plus tenace : la guerre qui a si longtemps opposé cléricaux et laïques. Elle achève d'expirer : 1984 a probablement été un dernier retour de flamme. Tout a conspiré depuis quelques décennies à l'extinction de cette grande querelle : l'affaiblissement du sentiment religieux qui dissuaderait les autorités ecclésiales de prétendre ressaisir la tutelle sur la société, si l'évolution de l'intérieur n'avait conduit les catholiques à une conception moins politique des relations entre Église et société civile, mais aussi une évolution symétrique qui a progressivement substitué à une définition conflictuelle de la laïcité par l'ignorance du fait religieux ou la lutte contre lui, une vision plus respectueuse des croyances et du pluralisme des familles de pensée.

Alors? La conclusion s'impose-t-elle que la France a vécu, ces dernières années, une mutation qui l'a rapprochée des autres démocraties, altérant ses particularités et effaçant peu à peu ses caractères distinctifs? Le croire serait se méprendre sur la portée de ces changements et induire de modifications indéniables un changement qu'elles ne signifient peut-être pas. La culture politique des Français a-t-elle tellement changé? Par exemple, le discrédit qui frappe présentement les élus du peuple n'est pas, nous l'avons dit, une grande nouveauté : il est aussi ancien que le système représentatif. Rien de comparable en France au respect qui entoure en Grande-Bretagne les membres du Parlement, ou, aux États-Unis, les sénateurs. La crise actuelle de la politique trouve précisément un de ses fondements dans la crise de la représentation : ce n'est pas la démocratie qui est en question, c'est son expression par la désignation de représentants dans lesquels les citoyens ne se reconnaissent pas. Ils ont le sentiment que la délégation n'épuise pas la réalité de la démocratie; toutes les représentations, politique, syndicale, professionnelle, sont aujourd'hui contestées, les syndicats comme les partis, et le succès des coordinations est le pendant de la montée des forces extra-parlementaires : elles sont au professionnel ce qu'est l'écologie au politique. Les Français aspirent à une démocratie plus participative dont ils n'entrevoient que confusément ce que pourraient être les modalités. D'où le succès des consultations qui en sont des approximations : élection présidentielle et référendum, qui connaissent des taux de participation plus satisfaisants. Du consensus nous avons dit les limites et la fragilité : les derniers mois ont prodigué maints exemples de questions qui le remettaient en cause. Quant au nombre des partis, la bipolarisation, qui déjà n'était pas le bipartisme, est bien mal en point : après la France des quatre quarts, nous retrouvons un corps électoral partagé entre une demi-douzaine de tendances et de courants. Et pour la division droite-gauche, s'il est vrai que les Français ne savent plus bien quel en est le contenu, elle est, quoi qu'en pensent ceux qui la récusent périodiquement, aussi vivante que jamais.

Il est toujours imprudent de prédire l'avenir : en politique plus qu'ailleurs, car c'est un trait intrinsèque de la politique que d'être sujette à la contingence, dépendante de l'événement. Il est donc tout à fait impossible de dessiner par avance les formes que prendra la vie politique. Mais il reste licite d'affirmer que rien n'impose comme une certitude l'effacement graduel de la singularité politique de la France. Tout permet de penser que le génie propre de notre peuple inventera encore des façons originales de vivre sa relation au politique.

POSTFACE

DOUZE MOIS PLUS TARD

Ce livre a été écrit dans l'été 1992 ; j'y ai apporté les dernières précisions à l'automne ; il est sorti en librairie à la mi-janvier 1993. Deux mois plus tard, appelés à renouveler l'Assemblée nationale, les électeurs bouleversaient les données du jeu : la gauche était battue, la droite revenait au pouvoir qu'elle avait perdu cinq ans plus tôt. La France vivait sa quatrième alternance en douze ans. Pierre Bérégovoy quittait l'hôtel Matignon, quelques semaines avant de mettre fin à ses jours, François Mitterrand désignait comme Premier Ministre le Ministre des Finances et de l'Economie de la première cohabitation, Edouard Balladur ; celui-ci allait connaître dans les mois suivants un extraordinaire phénomène de popularité. Dès lors, comment éluder la question : ce renversement de situation n'a-t-il pas rendu caduque la description de la vie politique tracée par ce livre ? Les interprétations proposées demeurent-elles encore pertinentes, ou ne faut-il pas les mettre au rebut ? Si telle devait être la réponse, elle n'infirmerait pas la thèse majeure de l'ouvrage : que la politique ne reste pas immuable et qu'elle ne cesse d'évoluer, en relation avec les changements de toute sorte qui affectent la société et les esprits. Elle la corroborerait plutôt tout en illustrant le risque inhérent à toute tentative pour poser sur l'actualité un regard qui ambitionne d'en saisir la portée durable. J'ai pourtant la faiblesse de croire que ce bouleversement, quelle que soit son ampleur, n'a pas périmé l'analyse et que le livre garde pour l'essentiel et sa valeur descriptive et sa vertu explicative. Voyons plutôt sur pièces.

C'est un fait incontestable que les élections ont profondément modifié l'expression parlementaire du système des forces politiques : le rapport droite-gauche a été inversé et avec un écart tout à fait insolite. Sur 577 sièges la droite en a enlevé 486, n'en laissant à la gauche que moins d'une centaine. Il faut remonter loin dans l'histoire des législatures pour retrouver un précédent : ni en 1919, au lendemain de la victoire du Bloc national (et encore comprenait-il un certain nombre de radicaux), ni même en 1968 le rapport entre les deux grandes tendances de l'opinion n'avait été à ce point déséquilibré. Seules les élections de 1958 avaient entraîné pareille déroute pour la gauche, mais la majorité du moment était fort composite et les gaullistes n'y étaient qu'en minorité. En 1993, à la prédominance de la gauche a succédé la domination absolue de la droite. Aussi ont tout naturellement fleuri sous la plume ou sur les lèvres des commentateurs les images empruntées aux grandes catastrophes naturelles, tremblement de terre ou raz-de-marée. Au vu de ces chiffres n'y a-t-il pas quelque gageure ou de la provocation à prétendre que les analyses conduites à partir de la situation antérieure conservent encore une certaine pertinence ?

Je me garderai de soutenir que rien n'a changé dans la distribution des forces mais le changement, certes indiscutable, n'est pas de l'ampleur que ferait croire la répartition des sièges. Le progrès des études électorales fait que nous n'en sommes plus, comme naguère, à mesurer l'importance des formations politiques au nombre des sièges qu'elles conquièrent dans une élection : nous savons les écarts entre les suffrages et les élus. Or ils ont rarement été aussi prononcés. A l'aune des suffrages recueillis en mars 1993, les résultats des principaux courants sont-ils tellement éloignés des ordres de grandeur que je leur attribuais quelques mois plus tôt ?

C'est incontestablement le parti socialiste qui a connu, à son détriment, le changement le plus spectaculaire : avec 19 % des suffrages exprimés au premier tour, il a perdu exactement la moitié de son pourcentage au temps de sa splendeur, en juin 1981, où il avait atteint le taux, assez exceptionnel pour un parti en France, de 38 %. Mais ce niveau n'avait pu être atteint que grâce à l'abstention d'une fraction de l'électorat de droite découragé par l'accession du candidat de la gauche unie à la tête de l'Etat. Constatant la décrue régulière du parti socialiste, je pronostiquais que, dans la meilleure des hypothèses, il ne pouvait pas tabler sur plus de 20 % : avec l'appoint des votes qui se sont portés sur les radicaux de gauche, nous sommes précisément à 20 %. Ce score du parti socialiste n'est guère inférieur à celui qui était raisonnablement escompté : si le résultat pour la représentation parlementaire donne l'impression d'une déroute sans pareille, c'est par l'effet mécanique du scrutin majoritaire dès lors qu'il n'est pas corrigé par le jeu des alliances et une stratégie appropriée : c'est l'isolement du parti socialiste, faute de trouver des partenaires, qui est la cause principale de sa défaite parlementaire.

La thèse de la stabilité trouve une deuxième confirmation avec le parti communiste qui a dépassé de peu au premier tour 9 %. La débâcle qui lui a fait perdre en quelques années les trois cinquièmes de ses électeurs est — momentanément ou durablement — enrayée : il s'est rétabli sur une ligne de défense au-dessous de 10 %. Il ne peut plus prétendre qu'à un rôle d'appoint. S'il a sauvé les apparences en conservant un groupe parlementaire qui compte autant de députés que dans la précédente assemblée, c'est du fait de sa distribution géographique : concentré en quelques régions, il s'en tire mieux que le parti socialiste mieux réparti sur l'ensemble du territoire. Ce succès tout relatif n'ôte rien à la justesse de l'appréciation portée par Stéphane Courtois dans le livre collectif, consacré aux élections de mars 1993, *Le vote-sanction*, qui parle de déclin accentué.

Rien ne vérifie davantage le sentiment de stabilité que les résultats de la droite parlementaire : à l'encontre de ce que ferait croire son écrasante supériorité dans l'hémicycle, elle n'a pas progressé. Additionnées, ses deux composantes, UDF et RPR, ne dépassent guère les 40 % : c'est, à peu de choses près, le chiffre de 1986 ; même en ajoutant les suffrages recueillis par des candidats étiquetés divers droite, on arrive tout juste à 44 %. On ne souscrira pas pour autant à la thèse de certains de ses adversaires qui en ont pris argument pour soutenir que l'actuelle majorité parlementaire ne représenterait qu'une minorité d'électeurs. Ce serait oublier que notre régime électoral comporte deux tours : si le premier propose une image de la répartition des préférences, le second, qui permet à l'électeur de formuler ses refus, n'a pas moins de valeur au regard de la démocratie : or, à ce second tour, dans les circonscriptions où il y avait ballottage, les candidats de droite ont rassemblé quelque 57 % des suffrages. C'est, ici aussi, le mode de scrutin qui a transformé l'avantage de la droite en une victoire sans précédent.

Le résultat du Front national corrobore ce que j'en disais : s'il s'est enraciné au point de pouvoir faire accéder cent de ses candidats au second tour, en dépit de la condition qui fait dépendre cette possibilité de l'obtention au premier tour d'au moins 12,5 % des inscrits, il ne réussit pas à transformer l'essai et ne conserve même pas le siège de Mme Stirbois. Avec 12,5 % des voix au premier tour il marque le pas et le triomphe de la droite parlementaire paraît devoir réduire encore ses chances de progresser à l'avenir, sauf à tirer parti d'un échec éventuel de l'actuelle majorité.

La principale nouveauté de cette consultation, comparée aux précédentes, est assurément l'émergence des écologistes. Depuis quelques mois on leur prêtait une influence grandissante ; à quelques semaines du premier tour certains sondages les créditaient de 20 % ; on se demandait même s'ils ne passeraient pas devant les candidats socialistes. Le PS le craignait si bien que sa direction, espérant la réciprocité, offrit aux écologistes de retirer ses candidats devant les Verts qui les devanceraient. L'étiquette écologiste paraissait si attractive qu'elle suscita bien des contrefaçons en dehors des deux formations qui se réclamaient du label. Le résultat ne fut pas à la mesure des espérances : autour de 11 %, toutes tendances confondues, et aucun élu. Signe qu'au dernier moment nombre d'électeurs, tentés par la nouveauté, en vinrent à penser que l'écologie ne constituait pas une véritable solution de rechange parce que son programme ne comportait pas de vraie réponse aux problèmes politiques. C'est néanmoins le principal élément de renouvellement dans un paysage moins transformé que les apparences ne le feraient croire. Moins bien enracinés que le Front national, les écologistes n'ont pu maintenir que deux de leurs candidats au second tour et n'ont pas enlevé le moindre siège. Si la démocratie n'exige pas que toutes les familles politiques disposent d'une représentation proportionnelle à leur importance, c'est néanmoins un sujet de préoccupation pour les relations entre citoyens et représentation nationale qu'une situation où quelque 25 % des électeurs – écologistes et extrême-droite additionnés – sont privés de toute expression parlementaire. C'en est un autre que tant d'électeurs aient porté leur suffrage sur des formations dont il était manifeste qu'elles avaient peu de chances de pouvoir peser sur les décisions politiques : c'est assurément le signe d'un divorce entre l'électorat et la classe politique, mais qui ne signifie pas nécessairement le rejet de la politique. Est-ce céder à un optimisme excessif que de trouver le taux de la participation, affleurant les 70 %, plutôt satisfaisant pour une consultation dont le résultat était annoncé depuis plusieurs mois, sans même être contesté par les vaincus présumés, et qui était de ce fait privée du ressort de l'incertitude, et comparée aux taux de participation obtenus en d'autres pays, tous nettement inférieurs, des Etats-Unis à la Pologne ou de la Grande-Bretagne au canton de Genève ?

Le renversement du rapport entre les formations qu'on classe à droite et celles qui entendent se situer à gauche va-t-il restituer sens et contenu à cette distinction dont nous constations qu'elle n'avait plus grande justification pour une majorité de nos concitoyens qui étaient bien en peine de définir sa signification ? La gauche l'espère : elle s'évertue à proclamer que la droite fait la politique des riches et menace les acquis sociaux, mais jusqu'à présent le gouvernement Balladur, instruit par l'expérience de la première alternance, paraît bien décidé à ne pas renouveler les erreurs d'alors et se garde de fournir des arguments à l'opposition. Pour l'heure il n'y a qu'un thème sur lequel la gauche a pu se rassembler et ressusciter le clivage traditionnel : la défense de la laïcité à l'occasion du débat sur la proposition de modification de certaines dispositions de la loi Falloux. Sur ce point je reconnais m'être trompé en présumant que la querelle scolaire était éteinte. La chose est d'autant plus surprenante que la bataille se livre à fronts renversés, la gauche prenant la défense d'une loi dont elle n'avait cessé pendant plus d'un siècle de décrier l'inspiration réactionnaire et la droite s'en prenant à un texte qu'elle avait présenté pendant des générations comme le rempart de la liberté de l'enseignement. De surcroît, au regard des lois de décentralisation, une disposition qui limite la possibilité pour les collectivités territoriales de subventionner les établissements privés est une survivance anachronique du temps où l'Etat exerçait une tutelle étroite sur les délibérations des assemblées, en contradiction avec les compétences étendues que la décentralisation a conférées aux collectivités territoriales pour les constructions scolaires. Pourtant la question a réveillé des passions que l'on croyait éteintes.

Je vois dans la célérité qui a caractérisé la transmission du pouvoir et la facilité avec laquelle a été accepté le changement de majorité la confirmation de l'adhésion désormais unanime du corps social à la règle du jeu : d'une élection à l'autre l'alternance s'effectue avec chaque fois plus d'aisance. C'est bien l'indice que l'opinion réprouve l'affrontement et souhaite le compromis. Depuis sa constitution le gouvernement ne néglige rien pour éviter de donner l'impression de se livrer à une chasse aux sorcières : il opère des relèves de personnes, mais il prend son temps pour le faire et observe toute sorte de précautions, comme s'il avait conscience que l'opinion lui tiendrait rigueur de céder à un instinct de revanche.

Quant aux institutions, elles ont, une fois encore, bien surmonté l'épreuve. Le renversement de majorité n'est pas sans conséquence sur leur fonctionnement et sur la distribution du pouvoir, mais la première cohabitation avait tracé la limite qui ne pouvait être franchie dans la réduction du pouvoir présidentiel. La leçon a été retenue et le Premier Ministre prend grand soin de respecter les prérogatives présidentielles en matière de politique étrangère et de défense. La nouveauté de la situation vient de ce que de tous les premiers ministres qui se sont succédé depuis la désignation en janvier 1959 de Michel Debré par le Général de Gaulle, Edouard Balladur est le premier qui ait la certitude de ne pouvoir être congédié : tous ses prédécesseurs n'étaient pas plus sûrs du lendemain que n'importe quel préfet ou recteur. Cette assurance lui confère une sérénité qui lui permet d'entretenir avec le chef de l'Etat des relations sans appréhension ni tension.

Les tentatives sympathiques des présidents des deux assemblées pour relever le prestige du Parlement, par exemple en invitant des chefs d'Etat ou de gouvernement étrangers à prendre la parole dans leur enceinte à l'instar des usages pratiqués en d'autres démocraties, sont bien insuffisants pour rendre aux parlementaires la place qu'ils ont perdue dans le processus de décision politique et les initiatives de l'entreprenant président de l'Assemblée nationale pour améliorer l'organisation des travaux parlementaires ont eu pour principal effet de susciter une fronde de ses collègues, certains lui objectant qu'ils avaient plus sérieux à faire que de voter.

En dehors de deux révisions aux objets limités – l'une pour réformer la Haute Cour et modifier la composition du Conseil supérieur de la magistrature, l'autre pour mettre la Constitution en conformité avec l'accord de Schengen – il y a tout lieu de penser que les projets de révision plus essentiels, notamment ceux proposés par la commission Vedel, resteront longtemps dans les cartons. Une fraction de la majorité rêve de revenir sur les compétences du Conseil constitutionnel et agite le spectre d'un gouvernement des juges qui bafouerait la souveraineté de la représentation nationale, expression de la volonté générale. L'idée n'est pas neuve : la gauche en son temps s'était émue de cette rupture avec la tradition parlementaire française ; la nouveauté est que ce thème est aujourd'hui énoncé par des hommes qui se flattent d'être les héritiers du général de Gaulle et fidèles à la pensée du fondateur de la Ve République.

Pour les objets de la politique aussi, la continuité est manifeste. Tout ce qui touche, de près ou de loin, à l'exercice de la justice et à l'indépendance des magistrats suscite les passions : des affaires où sont impliqués des hommes politiques aux peines de substitution à la peine capitale dont plus de cent trente députés ont proposé le rétablissement. L'audiovisuel inspire toujours aux politiques le même mélange déconcertant d'attirance irrésistible et d'animosité qui explique aussi bien les demandes de changement à la tête des chaînes de télévision que les critiques acerbes contre Arte. De même pour l'enseignement, principalement supérieur, qui continue d'être l'objet d'un intérêt dont il se passerait bien. Etrange pays où la classe politique estime qu'un changement de majorité doit se traduire par une modification du statut des Universités et de l'audiovisuel ! S'il ne devait y avoir qu'un seul trait pour justifier ce qu'on appelle l'exceptionnalité française, ce serait celui-là.

Quant à l'Europe, si la majorité a mis une sourdine à sa querelle, la divergence demeure : elle refait surface par intermittences et il y a de bonnes raisons de penser qu'elle jouera un rôle assez décisif dans les mois prochains ; à l'occasion d'abord des élections pour le renouvellement de l'Assemblée de Strasbourg, puis à l'approche de l'élection présidentielle. Si, par exemple, la majorité d'aujourd'hui ne parvient pas à présenter une liste unique aux élections de juin 1994, ce sera, selon toute vraisemblance, à cause du différend sur l'Europe : signe que ce qui touche à l'Europe n'est plus une question d'ordre extérieur mais fait désormais partie intégrante de la politique que l'on appelle intérieure. C'est bien là une nouveauté.

René Rémond

TABLE DES MATIÈRES

Achevé d'imprimer en août 1994
sur les presses de Maury-Eurolivres S.A.
45300 Manchecourt

– N° d'imprimeur : 94/08/M 4693
– N° d'éditeur : 15429
Dépôt légal : janvier 1994.

Printed in France